特選ペニー・ジョーダン

思いがけない婚約

ハーレクイン・マスターピース
東京・ロンドン・トロント・パリ・ニューヨーク・アムステルダム
ハンブルク・ストックホルム・ミラノ・シドニー・マドリッド・ワルシャワ
ブダペスト・リオデジャネイロ・ルクセンブルク・フリブール・ムンバイ

THE BLACKMAIL MARRIAGE

by Penny Jordan

Published by Harlequin Japan, a Division of K.K. HarperCollins Japan, 2024

ペニー・ジョーダン

1946 年にイギリスのランカシャーに生まれ、10 代で引っ越したチェシャーに生涯暮らした。学校を卒業して銀行に勤めていた頃に夫からタイプライターを贈られ、執筆をスタート。以前から大ファンだったハーレクインに原稿を送ったところ、1 作目にして編集者の目に留まり、デビューが決まったという天性の作家だった。2011 年 12 月、がんのため 65 歳の若さで生涯を閉じる。晩年は病にあっても果敢に執筆を続け、同年10 月に書き上げた『純愛の城』が遺作となった。

主要登場人物

キャリー・ブロードベント……経済ジャーナリスト。
ハリー……キャリーの弟。
マリア……ハリーの新妻。
伯爵夫人……マリアの祖母。
リュク・ドゥルビーノ……サンタンデール公国の大公。伯爵夫人の名づけ子。
ジェイ・フィッツ・クラインバーグ……リュクの従弟。
ベニータ……メイド。
ジーナ・ペロー……ハリウッド女優。

プロローグ

「さあ、これであなたもわかったでしょう？　わたくしが警告したとおり、あなたはわたくしの名づけ子にとって、単なる遊び相手でしかなかったのよ」伯爵夫人は優雅に肩をすくめた。「リュクは高貴な血筋のプリンスです。同時にひとりの男性であるのは言うまでもないけれど。あなたは美人だし、それに……お手軽な相手」

冷たく侮蔑《ぶべつ》的な言葉とともに夫人がもう一度肩をすくめると、キャリーは屈辱から顔が燃えるように熱くなった。

「リュクがあなたに興味を感じるのは避けがたいことだったのかもしれません。でも、結婚は絶対にあり得ません！　あるわけがないでしょう。リュクの結婚相手は大公の妻にふさわしい家柄の人間でなければなりません。もちろん、いちばんの有力候補はわたくしの孫娘のマリアですけれどね。マリアにはいまそのための教育を身につけさせているのよ」

キャリーは唖然《あぜん》として伯爵夫人を見つめた。彼女とリュクが親密になることを伯爵夫人が快く思っていないのは、キャリーにもわかっていた。しかし、まだほんの子供のマリアをリュクと結婚させようとたくらんでいるとは思いも及ばなかった。

「でも、マリアはまだ十歳じゃありませんか。リュクはもうすぐ二十五歳なんですよ！」

伯爵夫人は冷ややかな目でキャリーを一瞥《いちべつ》した。

「年齢なんて関係ありません。十五歳の年の差がなんだと言うんです？　わたくしの亡き夫はわたくしより二十歳も上でした。それはそうと、きょうわたくしがあなたを呼んだのは、リュクの伝言を伝えるためです。リュクはあなたに即刻サンタンデール公国から出ていってほしいと言っていました。さらに、あなたとは今後いっさいかかわりたくない、と」

「嘘《うそ》です！」キャリーは言い返した。「そんなこと、信じられません」

　伯爵夫人の細い眉が片方だけつり上げられた。

「どうして？　リュクがあなたをベッドに連れていったから？　あなたもそこまで世間知らずじゃないでしょう。そもそも、あなたが父親と弟のいるこの国に来るのは、学校が休みのときだけだったじゃありませんか」

「でもリュクは――」キャリーは途中で口をつぐんだ。リュクは、わたしを愛しているとはひと言も言わなかったし、なんの約束もしなかった。でも、彼もわたしと同じ気持ちでいるはずだ。リュクが愛の告白をするのは時間の問題だったわ！

　前夜彼が公務で国を離れると言ったとき、キャリーはまさかこんな事態になるとは思いもしなかった。自分の寝室に戻るようリュクから言われたときは、彼女に悪い噂《うわさ》が立たぬよう気遣ってくれているのだと思った。しかし、キャリーのロマンティックな夢はいま、伯爵夫人の冷たい言葉の前にがらがらと崩れ去った。

　わたしにこんな屈辱的な仕打ちをするよう指示したのなら、リュクがわたしを愛しているなどということはあり得ない。

　この夏まで、リュクに対するキャリーの気持ちには少し不確かなところがあった。彼女より七歳年上のリュクにはいつもどこか超然とした雰囲気があり、そのせいでキャリーは自分がちっぽけで取るに足りない人間のように感じることが多かった。しかし、彼の経済顧問であるキャリーの父とリュクが互いに深く尊敬し合っていることは知っていた。さらにリュクがあと数カ月で二十五歳になり、暫定的に政務をあずかっている摂政団から公国の統治権を引き継ぐことも。

「でもリュクは、なんなの？」伯爵夫人が挑むようにきいた。「どうやら、リュクは性的な好奇心を満たされて、あなたに対する関心を失ったようね。わたくしの名づけ子は自らの任務をわきまえた誇り高い男性です。リュクにとって、あなたはつかの間の遊び相手でしかなかったし、いまは忘れ去りたい相手なのよ」

伯爵夫人は冷ややかに続けた。

「あなたのお父さんの話だと、あなたは彼の出身大学に入学を許されたそうね。入学前にイギリスに戻って準備しなければならないことが山ほどあるはずです。ニース発ヒースロー行きの明朝の便に予約を入れておきました。空港まで、わたくしの運転手に送らせます。ああそう、もう少しで忘れるところだったわ。リュクからこれを渡すよう言われたのよ」

つけ足しながら、彼女はキャリーに小切手を差し出した。「大学はお金がかかるだろうし、感謝の気持ちのない男だと思われたくないから、とリュクも言っていたわ」

悔しさと怒りで、キャリーは顔が熱くなった。彼女はとげとげしい口調で言った。

「リュクに伝えてください。わたしはそんなお金は欲しくないし、彼にも全然未練はないって。当然でしょう？　あの人は、安っぽいオペラの登場人物みたいに時代遅れな人間ですもの。軍服を着て大公と呼ばれるからって、自分を特別な存在と勘違いしている。彼が大公になれる理由はただひとつ。こんなちっぽけな国はほかに誰も欲しがらないからよ。滑《こっ》稽《けい》としか言いようがないわ！　わたしがそう言っていたと、彼にお伝えください」キャリーは大胆に締めくくり、戸口に向かって足早に歩き出した。

1

「わたし、〝お幸せに〟とは言わないわよ。だって、あなたたちが幸せになるのは間違いないもの。本当におめでとう！」

キャリーは結婚したばかりの弟ハリーとその花嫁のマリアを抱きしめた。

「実はマリアから姉さんに頼みがあるんだけど」ハリーが思いつめたような声で言った。

弟の腕に包まれている黒髪の美少女を、キャリーは問いかけるような表情で見た。

「お願い、キャリー。ハリーとわたしが夫婦になったことをサンタンデール公国に報告に行ってくれないかしら？」

「ハリーとの結婚を国の人に知らせたいの？」キャリーは慎重な口調で尋ねた。

数日前、弟からマリアと結婚すると聞かされたとき、キャリーは自分の耳を疑った。マリアはリュクの妃《きさき》に決まっていたはずだからだ。

婚約が正式に宣言されたわけではなかったが、誰もがリュクとマリアは結婚するものと思っている、と以前マリア自身、認めていた。しかし今回キャリーがそれをマリアに思い出させると、彼女は答えた。〝お祖母《ばあ》さまはリュクとわたしを結婚させることに決めていたかもしれないけど、わたしは無理やり政略結婚なんかさせられるつもりはないわ。いまはこんなにハリーを愛しているんですもの！〟

「もちろん、みんなには知らせたいわ。隠しだてしなければならない理由なんて何ひとつないのよ」マリアは愛情に満ちた顔でハリーを見上げた。「もう誰もわたしたちを引き離すことはできないわ！」

二人のうれしそうな顔を見て、キャリーは弟夫婦がうらやましくなった。ハリーとマリアが互いに夢中なのは傍目《はため》にも明らかだ。キャリーたち姉弟はまだ幼いときに母親を亡くした。以来、キャリーは弟を母親のように慈しみ、守ってきた。彼女にとって、サンタンデール公国はこの世でいちばん訪れたくない場所だ。けれどハリーに懇願されて、いやだと言うのは難しかった。

「心配はいらないわ！」マリアが自信に満ちた声で言った。「キャリー、あなたとリュクの仲が悪いのは知ってるけど、リュク――大公殿下はいま国内にいないの。ブリュッセルで大事な会議に出席してるのよ。彼は帰国したら、わたしが待っているものと思っているし、わたしは彼にハリーとの結婚を報告する義務があると思うの」

マリアはわたしがリュクに会うのを恐れていると思っているんだわ。キャリーは憤慨した。「マリア、あなたはあんな性差別主義者に対してなんの義務もありはしないわ！　もし彼が――」

マリアは大きな目に涙をためて、キャリーをさえぎった。

「リュクには報告しなくちゃ、キャリー。あなたが彼を嫌ってるのは知っているわ。でもわたしはリュクにはいつも優しくしてもらったし」マリアは誇らしげに続けた。「わたしはサンタンデール公国のみんなに、わたしがどれだけハリーを愛しているか、ハリーの奥さんになれてどれだけ幸せか、知ってほしいのよ。とりわけお祖母さまに」

ハリーに目を向けたキャリーは、姉としての愛情と同時に母性愛と言ってもいい感情がこみあげてくるのを感じた。幸せで仕方がない様子の弟を見て、彼女もうれしさで胸がいっぱいになった。結婚したことで、ハリーはそれまで欠けていた成熟を身につけたようだ。

近ごろ、弟の仕事については気がかりなことがあった。それどころか正直に言うと……。いいえ、過去の問題についてくよくよ考えるのはやめよう。いまはうれしくて、それどころではない。

「キャリー、お願い」マリアが懇願した。「この件について頼める人はほかにいないのよ。信頼できる人はほかに誰もいないの。サンタンデール公国の事情と……リュクとのことをわかってくれている人は。お城へ行って、お祖母さまに話すだけでいいの。そうしたらお祖母さまがリュクに話してくれるから」

伯爵夫人のことを思い出すと同時に、キャリーの心にある意地の悪い考えが浮かんだ。

わたしはもう十八歳の世間知らずの娘ではない。成功して自信に満ちた大人の女性、フリーの経済ジャーナリストとして働く、評判の高いエコノミストだ。

「お願いだ、キャリー」ハリーも熱心に頼んだ。

キャリーは、孫娘を大公妃にしようというあなたの計画は水泡に帰した、と伯爵夫人に告げる役を引き受けることにした。内心一種の勝利感を味わいながら。

寒くて雨の多いイギリスから来たキャリーにとって、ニースの暖かさはありがたかった。

父はすでにサンタンデール公国の経済顧問の職を辞し、いまは再婚してオーストラリアにいる。

キャリーは継母《ままはは》が好きだった。子供のいない継母は、キャリーとハリーに向かって、大きな義理の子供が二人もできてうれしいわ、と言った。キャリーの実の母は、彼女が七歳、ハリーがほんの二歳のときに交通事故で亡くなっている。

最寄りの空港としてはニースを利用するものの、フランスとイタリアの間に位置するサンタンデール公国は、イタリアの影響をより強く受けている。キャリーは昔からリュクにはイタリア人的な男っぽさがあると感じていた。

ニースから公国への交通手段は、車かヘリコプターしかない。キャリーはレンタカーを借りることにした。経済ジャーナリストとしてかなりの高収入を得ているとはいえ、ヘリコプターをチャーターするほどではない。税制の魅力につられてこの国に群がる大金持ちたちのまねはしたくなかった。

「どこに行くって？」キャリーのエージェントで友人でもあるフリス・バーンズは、キャリーのサンタンデール公国行きについて聞くなり、興奮した面持ちで言った。「きみ、向こうにいる間にサンタンデール公国について記事を書くべきだよ。あの国は金持ちのスポーツ選手やら何やらであふれ返ってるって噂《うわさ》だ。寝室がひとつきりのアパートメントでさえ、百万ドルをくだらないらしい」

キャリーに車のキーを渡したフランス人の青年は、レンタカーへと歩いていく彼女を賞賛の目で見送った。ジーンズをはいた脚はすらりと長く、白いTシャツはぴったりしたデザインというわけではないのに、その下の胸が豊かなのは明らかだったからだ。

キャリーは華奢《きゃしゃ》な手首にはめた実用的な腕時計にちらりと目をやりながら、車のロックを解除した。午前十時。時間はたっぷりある。

春のコートダジュールはなんてすてきなのかしら。海岸沿いの道路に車を走らせつつ、キャリーは思った。

道を急ぐ必要はない。ことわざにもあるとおり、復讐《ふくしゅう》は時間をかけてゆっくり味わったほうがいいのだから。

キャリーは伯爵夫人の冷酷さを忘れたことは一度もなかったし、夫人にあんなことを言わせたリュクを決して許していなかった。

道路のわきにサンタンデール公国との国境が近い

ことを示す標識がひっそりと立っていた。モナコと異なり、サンタンデール公国は観光立国の道を選ばなかった。道路の両わきにはオリーブの林が広がり、遠くにはターコイズブルーの海が輝いている。キャリーは車の窓を開け、暖かな南国の香りを吸いこんだ。

国境で車を止めると、警官がひとり近づいてきた。キャリーはパスポートを渡し、彼がそれをあらためるのを待った。

車をふたたび発進させてから、キャリーは自分がずっと息を止めていたのに気づいた。

わたしったら、どうしてこんなに緊張しているの？　リュクはいまこの国にはいないのに。まさか、彼がわたしの名前を入国禁止者リストに載せているわけじゃないでしょう！

サンタンデール公国内に入ったキャリーは、ふたたび美しい景色に目を奪われた。

食料を輸入に頼らないようリュクに説いたのは、キャリーの父親だった。サンタンデール公国の農地はあますところなく利用されており、ビニールハウスが日差しを浴びて輝いているのが見える。そうしたビニールハウスの中では、国外でも人気の有機野菜や果物が栽培されている。

車が上り坂にさしかかった。前方にそびえるテラコッタの壁をちらりと見やるなり、キャリーの心臓は飛び跳ねた。サンタンデールの城は肥沃《ひよく》な土地に囲まれた岩場の丘という、防衛上絶好の位置に建てられている。

マリアの話では、彼女の祖母は田園にある屋敷ではなく、城内に与えられている居室にいるだろうとのことだった。そこでキャリーは小さな広場に車を止め、外に出た。彼女は肩をそびやかして城に向かって歩き出した。

城内の執務室でリュク・ドゥルビーノは難しい顔をしていた。サンタンデール公国が免税国であることをめぐる諸問題を解決するため、彼はブリュッセルでの複雑な交渉を終えて帰国したばかりだった。ところが戻ってみると、国内では祖父の世代の保守派と、若手の急進派との対立が一触即発の状態になっていた。

リュクは顔をしかめたまま、従兄《いとこ》でもある首相の話に耳を傾けた。

「国民はきみが結婚することを望んでいる。きみがまだ独身で世継ぎがいないことに、不安を感じているのだ。それに、きみが結婚すれば、いま取り沙汰《ざた》されているくだらない問題から国民の関心をそらすことができるだろう。わが国は犯罪者が血なまぐさい金を隠すのに手を貸しているとかなんとか、愚かで短気な青二才どもがうるさく騒いでいるからな」

リュクはため息をつきそうになるのをこらえた。個人的な意見を言えば、彼はいわゆる〝愚かで短気な青二才〟の考え方に百パーセント賛成だった。しかし大公という立場上、そのような意見を公にはできない。亡くなった祖父の名誉を守る必要があるからだ。とはいえリュクは、時代に取り残され、それゆえ弱い立場にある祖父の側近だった閣僚に同情を感じていた。

「ぼくはすでにこの国の統治者としての考え方をはっきり示してある。つまり、違法な行為から利益をあげている者にわが国の税制を利用させるつもりはない、と」リュクは静かな口調で語りはじめたが、ふいに眼下の広場に目をやり、口をつぐんだ。

こちらに背を向けて、ひとりの女性が立っている。シルクのような金髪が日差しを浴びて輝いている。彼女は言うことを聞かない自分の髪にいらだったかのように、片手を上げてさっと指をくぐらせた。その瞬間、リュクは体をこわばらせた。たちまち彼女が誰かわかったからだ。

「すまない、ジョバンニ。この件はあとで話し合わせてくれたまえ」

首相が困惑した顔で見つめるなか、リュクはドアを勢いよく押し開け、執務室から出ていった。

伯爵夫人の居室がどこか、キャリーは尋ねなくても知っていた。それからマスケット銃を持った衛兵が立っている正面玄関を通らずに城の中に入る方法も。

衛兵が立っているのは形式だけで、マスケット銃に弾はこめられていない。しかしそれは、城やそこに住む人々の警備が甘いという意味ではない。元軍人の私服護衛官がさりげなく警備に当たっているのだ。

横の出入口を通って中に入ると、いくつもの記憶がキャリーの脳裏によみがえってきた。高価な家具や美術品、古い石材のにおい。そして愛を交わす前と交わしたあとのリュクのにおいまで。男性特有の危険でくらくらするような強い香り、そしてかすかな彼だけの香り……。

キャリーは目をつむり、思いがけずよみがえってきた鮮やかな記憶を閉め出そうとした。別のことを思い出しなさい。伯爵夫人の冷たく傲慢《ごうまん》な声、リュクの命令でわたしに向けられた軽蔑《けいべつ》の目、そしてあのあとわたしが感じた苦悩……。

「やっぱりきみだったのか！　そうに違いないと思ったよ」

「リュク！」

驚きのあまり、キャリーは背中が壁にぶつかるまであとずさった。ショックの色を浮かべた瞳を大きく見開いて。

この人は、いったいここで何をしているの？　リュクはブリュッセルにいるってマリアは断言したのに！

「まったく思いがけない訪問者だ」

キャリーと異なり、リュクはぱりっとした白いシャツにベージュの麻の高級なスーツというあらたまった装いだった。黒髪はすきなく整えられ、肌はキャリーの記憶にあるのと同じ温かな蜂蜜《はちみつ》色をしている。振られた直後の傷心の日々、長く苦しい夜に思い出していたのは、リュクのことだけだった。

この人の肌は見た目も感触も温かいかもしれない。でも、心は氷のように冷たい。少なくとも、わたしに対しては！　彼の胸はいまも昔と変わらず引き締まっているのかしら？　情熱的に愛を交わしたとき、筋肉質の彼の胸にキスをすると、キャリーはとてもセクシーな気分になれた。シャワーから出てくる彼は、いまもギリシア神話の神さまみたいに見えるのかしら？

あらぬことを考えてしまった自分にあわて、怒りすら感じて、キャリーは気持ちを落ち着けようとした。わたしはもう、世間知らずで性的な欲求に簡単に押し流される十代の少女ではないわ。

顎を突き出し、キャリーはぶっきらぼうな口調で告げた。「実を言うと、わたしは伯爵夫人に会いに来たの」

リュクは眉をひそめた。

「ぼくの名づけ親に？　彼女はいま城にはいない。フィレンツェにいる姪《めい》を訪ねているんだ。きみが伯爵夫人に会いたいなんて、どういう用件だ？　ぼくの記憶によれば、きみたちは不仲だった気がするが」あざ笑うような口調で、彼は指摘した。

リュクはわたしと伯爵夫人の仲が悪いことを知りながら、彼女にわたしを侮辱する機会を与えたんだわ。憎しみから怒りに火がつき、キャリーは挑むように言った。「わたしは伯爵夫人に伝言をことづかってきたの。マリアから！」

もっと時間をかけて楽しむはずだったのに、とキャリーは自分をしかった。こちらを見つめるリュクの目つきに気づき、彼女の気分はまるで高速エレベーターが降下するように一気に落ちこんだ。彼は濃いグレーの瞳が真っ黒に見えるほど、険しく目を細めている。

二人の間に危険をはらんだ沈黙が流れた。無言の敵意と欲求不満に空気が緊張する。

「どんな伝言だ？　ぼくに教えろ！」

なんて傲慢な口ぶりなの！　ひたすら彼にあこがれていた十八歳のときのわたしなら、尊敬の気持ちでいっぱいになって言われたとおりにしてしまったかもしれない。でもいまはもうそんな愚かなまねはしないわ！　キャリーは憎しみから体が燃えるように熱くなるのを感じた。頭に血がのぼり、報復を先延ばしにすることなど考えられなくなった彼女は、深く息を吸いこんだ。

「喜んでお教えするわ」リュクに向かって言い放つ。「マリアからあなたたちに伝えてほしいと頼まれたのよ。マリアはわたしの弟、ハリーと結婚しました」キャリーは意地悪な笑みを浮かべた。「マリアはハリーを愛しているし、ハリーも彼女を愛していて――」

2

「リュク、放してちょうだい！」キャリーは息もつけないまま、強い口調で言った。しかし、彼女の腕をつかむリュクの手の力は少しも弱まらない。彼はキャリーを引きずるようにして、甲冑《かっちゅう》や刀剣が飾られた廊下を突き進んでいく。

　どっしりした両開きの扉を開けると、リュクはキャリーを半ば引っ張り、半ば押しこむようにして優雅にしつらえられたサロンへと入った。

　そこはリュクの私的な居住部分の中でいちばん大きな応接間だった。キャリーが最後に訪れたときから、ほとんど何も変わっていない。絹やダマスク織りのカーテンとソファは少し色あせたかもしれないし、八年という月日を経て、キャリーが以前より成熟した目でこの部屋の優美さを鑑賞できるようになったということはあるかもしれない。だが違いはそれだけだ。磨き上げられたソファテーブルの上にはいまも、大きな銀の写真立てに入ったリュクの両親の写真が飾られている。写真には二歳のころのリュクも両親にはさまれて写っている。

　お互い幼いころに母親を失ったという事実が、リュクとわたしを特別な絆《きずな》で結んでくれる——愚かにも、浅はかにも、そんなことを信じていた自分をキャリーは思い出した。

　しかし、リュクは単に母親を失っただけではなかった。父と母を同時に失ったのだ。両親が南アメリカを訪れていたときに起こった残虐《ざんぎゃく》なテロ攻撃のせいだった。

「マリアがきみの弟と結婚しただって！」

　リュクの声には冷たい怒りがにじんでいる。

「がっかりさせたなら、ごめんなさい」キャリーはあざ笑うような口調になるのを抑えられなかった。

「がっかりしただって？」リュクのグレーの瞳に怒りの炎が燃え上がり、口元がゆがんだ。

「でも、マリアの代わりは簡単に見つけられるでしょう」

マリア自身、リュクが彼女と結婚しようとしているのは純粋に現実的な動機からだと認めていた。

〝リュクはわたしを愛してなんていないわ〟マリアがかつてキャリーに語ったことがある。〝彼はわたしに優しくしてくれたし、わたしもハリーと再会して恋に落ちるまでは、自分の結婚が政略結婚でもかまわないと思っていた。でもいまは、わたしの最愛のハリー以外の人と結婚するなんて絶対に耐えられない！　もしわたしが帰国して、お祖母《ばあ》さまとリュクに、リュクとは結婚できないと言ったら……〟

〝二人はあなたを無理やりリュクと結婚させる？〟

キャリーが先を引き取った。

〝リュクは結婚しなければならないのよ〟意外にも、マリアは彼を弁護した。〝国民がそれを望んでいるから。それにもちろん、リュクも世継ぎが欲しいはずだし〟

キャリーは応接間と窓の向こうの景色を指し示した。「こうしたものすべてのために、あなたと結婚したがる女性は掃いて捨てるほどいるでしょう。あなたはものすごく魅力的な結婚相手ですものね。本物の君主で、長所もいっぱいあるわ。傲慢《ごうまん》で気取ってて、人間的な感情がまったくなくて」

「いいかげんにしろ」リュクが冷ややかな口調で彼女を黙らせた。「だが、きみはひとつだけ正しいことを言った。マリアの代わりを見つけるのは簡単に違いない。実のところ……」

リュクがキャリーに向けた笑みに優しさはない。

彼女は内心ぞっとした。

「実のところ」リュクはやわらかな声で繰り返した。

「ぼくはもう見つけたよ」

もう見つけた、ですって？　キャリーは愕然《がくぜん》とした。第二候補を用意していたというの？　いかにもリュクらしいわ。彼女は軽蔑《けいべつ》を感じながら決めつけた。しかし、キャリーがその軽蔑の気持ちを声に出すより先に、彼はなめらかな口調で続けた。

「マリアがぼくと結婚しないとなったら、キャリー、きみに結婚してもらおう！」

ショックで言葉を失い、キャリーはリュクの顔をまじまじと見た。

「なんですって？」ようやく口がきけるようになるや、彼女はかすれた声できき返した。「これがあなた流の冗談なら……」

「誓って冗談などではない」

キャリーと対照的に、リュクの口調は歯切れがよく、冷淡な確信に満ちていた。

「わが国の国民はぼくの婚約が宣言されるのを、毎時間指折り数えて待っていると言ってもいいくらいだ。国民はぼくが一刻も早く妻をめとるべきだと考えている」

「国民はあなたがマリアと結婚するものと思っているんでしょう」

「相手が誰かということは、彼らにとってはたいした問題じゃない」リュクは唖然《あぜん》とするほど傲慢な口調で応じた。「国民にとって大事なのは、ぼくが結婚するという事実だ」

「そうかもしれないわね。でも、わたしはあなたとなんて結婚しないわ」

「いや、するとも、キャリー。いまも言ったが、わが国民はぼくの婚約発表が間近だと信じている。さらに現在サンタンデール公国では保守派と若手急進派の対立が激しくなっている。ぼくはいま、非常に複雑な交渉を行っている最中なんだが、それにはこの反目し合う勢力だけでなく、わが国の〝外国人〟居住者の支持を得ることも非常に重要な要素なんだ。彼らによってもたらされる資金なしには、現行の充実した医療・教育制度を維持することは不可能だ。ぼくの結婚は昔ながらの風習を重視する保守派を安心させ、同時にそのほかのあらゆる人々にぼくはこの国とその将来にすべてを捧《ささ》げるつもりであることを明確なメッセージとして伝えられる」

キャリーは軽蔑と嫌悪の表情でリュクの顔を見つめた。

「マリアがハリーとの結婚を選んだのも当然ね。ハリーはあなたのような富も地位も持っていないけれど、少なくとも人間的な感情は持っているわ。あなたみたいに冷淡でも計算高くもない」

「そのへんでやめておいたほうがいいぞ。実のところ、きみはすでに言いすぎている」

キャリーは鋼のようなリュクの冷徹さに気圧《けお》されそうになったが、なんとか言い返した。

「わたしはもう簡単に震え上がる十代の女の子じゃないのよ、リュク。お妃《きさき》が欲しいなら、ほかを当たってちょうだい。わたしに結婚を無理強いすることはできませんからね！」

「そうかな？」彼はキャリーの心の中までまっすぐ突き通すような目で彼女を見た。「最近きみのすばらしい弟ハリーについて、いくつかおもしろい話を聞いたんだが。教えてくれ。きみはいまだに弟のことがかわいくて仕方がないのか？　何かあったら、すぐにかばってやりたいと思うほど？　もちろん、そうだろうな」あざ笑うように、彼は自分で自分の問いかけに答えた。「さもなければ、いまここにいるわけがない」

キャリーに返事をする間も与えず、リュクは先を続けた。

「ハリーはある銀行に勤めているそうだね。彼が顧客の金をきわめて危険な投資にまわしていたと知ったら、きみは驚くだろうか。いや、まさかそんなはずはない。きみはものすごく弟思いで愛情が深いんだから。ハリーが自分の失敗に気づいたとき、真っ先に頼ったのはきみだった。違うか？」

　キャリーは声帯が完全に麻痺《まひ》してしまったような気がした。冷たい恐怖が募るなか、ただリュクの言葉に耳を傾けるしかなかった。ハリーが抱えていた問題は、わたし以外は誰も知らないはずだ。でも、どういうわけかリュクは知っている。それはつまり、彼はあのことも？

「ハリーはまったく運がよかったな。きみみたいに弟思いで頭のいい姉さんがいて。なにしろ弟のためなら、自分のキャリアと評判を危険にさらすこともいとわないんだから」

「なんの話かわからないわ」キャリーはどうにか声を出したが、彼女の否定の言葉をリュクがなんとも思っていないのは明らかだった。

「嘘《うそ》をつくな！　本当はよくわかっているくせに。ハリーは苦境に立たされ、きみはどの株を買ったらいいか助言して、弟を泥沼から助け出してやったんじゃないか」

　キャリーはリュクから目をそらした。彼はいったいどうやってこの事実を突き止めたのだろう？　ハリーには絶対に秘密を守ると誓わせたのに。

「あの子はわたしの弟なのよ」彼女は顔をこわばらせた。「助けたいと思うのは当然でしょう」

　リュクの目に皮肉っぽい満足げな表情が浮かんだ。

「インサイダー取り引きの罪を犯してまでも？」

　キャリーははっと大きく息をのんだ。

「違うわ」彼女は反論した。「あれはインサイダー取り引きなんかじゃないわ」

「きみから見れば違ったかもしれない。しかし、きみも否定はしないだろう、正しい者の手により、正しい形で公表されれば――あるいは、間違った者の手により、間違った形で公表されればと言ったほうがいいかもしれないが――きみのしたことは、きみをきわめて苦しい立場に立たせる可能性がある。まずきみは仕事の契約と経済ジャーナリストとしての地位を失うはずだし、頼れる姉がいなくなれば、きみのかわいいハリーは間違いなく職を失うだろう。ぼくはいとも簡単にきみたち姉弟を破滅させられるんだよ、キャリー」

「そんなことをしたら、マリアはどうなると思うの？　それとも、あなたが本当に傷つけたい相手はマリアなの？」キャリーはきびしい口調できいた。

「まさか！　ぼくがマリアとの結婚を考えたのは政略的な理由からで、恋愛感情があったからではない。ぼくはどんな形でも彼女を傷つけたいとは夢にも思っていない。それどころか、今後はマリアのためにきみの弟に目を光らせることにするよ。もしハリーが彼女を傷つけたり、彼との結婚を後悔させるようなまねをしたりしたら……」

「そんなことを言いながら、ハリーを失業させると脅しているのは、あなたじゃないの」

「そして、ぼくを阻めるのはきみだ」リュクはなめらかな口調でキャリーに思い出させた。「決めるのはきみだよ、キャリー」

キャリーはリュクの顔をじっと見つめた。応接間は暖かかったが、彼女はまるで氷の中に閉じこめられたかのように体の芯《しん》まで冷たくなった。

「あなたは本気でやるつもりなのね？」

キャリーの声には恐怖と嫌悪感がにじんでいたが、リュクはまるで動じなかった。

「うれしいよ、きみがぼくに〝できるのか〟ときかなかったことが。それはつまり、きみがあっぱれにも現実を把握しているという意味だ。ぼくとの結婚は避けられないことだと観念してくれたら、もっとあっぱれなんだが。心配はいらない。現代の結婚が長続きするなんて、誰も期待していないから。ぼくはきみとの結婚は過ちだったとすみやかに気づくはずだし、そうしたらぼくたちは別々の道を歩みはじめればいい」

「あなたがしていることは脅迫よ！」キャリーは彼を責め、険しい声でつけ加えた。「そういったことは法律に反するわ」

「どうやら忘れているようだが」リュクが不気味なほどやわらかな声で言った。「この国では、ぼくが法律だ！」

「なんて卑劣な人なの！」

「選択するのはきみだ」リュクの声は落ち着いている。「ぼくとの結婚に同意するか、それとも弟が――」

「ハリーを苦しめるようなまねができるわけないでしょう。わたしには選択の余地なんてないわ」キャリーは噛《か》みつくようにさえぎった。「あなたは昔から全然変わっていないのね、リュク。わたしったら、どうしてあんなに世間知らずだったのかしら、あなたに――」キャリーはふいに口をつぐんだ。みるみる顔が赤くなる。

「続けたらどうだ」リュクの口調はあざ笑うようだった。「ぼくに、なんだい？　ベッドに連れていってくれと懇願するほど？　女になるとはどういうことか教えてほしいと……」

「やめて、やめて！」キャリーは両手で耳をふさぎ、リュクの残酷な言葉と、心乱れるイメージを頭から締め出そうとした。

「傷ついた無垢《むく》な娘のふりをするには、少し遅すぎるぞ、キャリー。なにしろ、きみはぼくのベッドで学んだことを大学時代に大いに活用した。そしてその事実を少しも隠そうとしなかったからな」

キャリーは下唇をきつく噛んだ。

確かにキャリーは大学時代、毎週違うボーイフレンドとデートしているかのような手紙を父に書き送った。でもそれは真実とはほど遠かった。リュクと別れ、心に傷を負った彼女は、男性を避けて自分の殻に閉じこもり、勉強に集中した。人生で最高の時を過ごしているかのような手紙を父に書いたのは、プライドのなせるわざだった。キャリーの父は娘がリュクにのぼせることを喜ばなかった。

〝おまえはまだほんの十八歳だ、キャリー。可能性に満ちた将来がおまえを待っている〟父は諭すように言った。〝いっぽう、リュクは自分の将来と責任をすでによく心得ている〟

キャリーの父は、リュクを待ち受けている任務をおそろしく困難なものと考えていた。

〝リュクの祖父はまるで中世のようなやり方でサンタンデール公国を治めていた。この国を二十一世紀の国家にするのがリュクの役目だ。彼は大変な苦労を強いられるだろう〟

しかし、父がリュクを人間としてすばらしく評価していたことをキャリーは知っていた。

「リュク、おかえり！　ブリュッセルでの交渉はどうだった？」

応接間のドアが急に開け放たれたので、キャリーははっと体をこわばらせた。部屋に入ってきた男性を見て、彼女は呆然《ぼうぜん》とした。容貌《ようぼう》が驚くほどリュクと似ていたからだ。二人の間に血のつながりがあるのは一目瞭然《りょうぜん》だ。双子とまではいかなくても、兄弟と言っておかしくない。

しかしキャリーは彼に見覚えがなかった。その男性のアメリカ訛《なまり》に気づいて、彼女はいぶかしげな表情を浮かべた。

「ああ、失礼！」男性はキャリーを見てしゃべるのをやめ、問うようにリュクの顔を見た。「きみひとりかと思ったものだから」

「気にしないでくれ、ジェイ。きみにはぼくたちにおめでとうを言う最初の人間になってもらおう。こちらはぼくの花嫁になるキャリー・ブロードベントだ」

ジェイに見つめられて、キャリーは彼の目の色がリュクとは異なることに気づいた。冷たい鋼のようなグレーではなく、明るく温かなブルーだ。たぶん彼はリュクよりも二歳ほど年下だろう。

「きみの花嫁になる？ でも、それはマリアじゃ……」ジェイは居心地悪そうな顔で口をつぐんだ。

「よくある誤解だよ」リュクが穏やかな口調で説明した。「キャリーとぼくは昔からの知り合いなんだ。ある事情から長い間離れ離れになっていたが、こうしてふたたびめぐりあえたことをお互いうれしく思っている」

「まあ、長老たちはきみが誰と結婚しようとあまり気にしないだろう。きみが結婚する限りは！ 彼らが心配してるのは、大公としての苦労にいやけの差したきみが、退位する、この国を国民の統治にまかせる、と言い出すんじゃないかってことだから。ぼくはアメリカ国民として、きみにそれを勧めるべきなんだろうな。でも、ぼくは本物の大公の身内なんだって自慢できるのが気に入っているものでね、たとえ庶子の血筋ではあっても」

「きみは億万長者じゃないか、ジェイ。それにその成功は自分の努力によって手に入れたものだ。そのことのほうが、単に生まれによって与えられたものより、ずっと自慢できるとぼくは思う」

「あんまりおだてないでくれよ、リュク。さもないとぼくは、きみと同じ遺伝子を受け継ぎながら自分のほうが優秀だってうぬぼれそうだ。きみがぼくだったら、まったく同じ成功をつかんでいたのは間違いない。きみは財務センスが非常に優れている。それに忘れないでくれ、ぼくは元手の百万ドルを父から受け継いだんだ。きみが相続したものといえば、いくつかの特権のほかは山のような問題だけじゃないか！」

リュクとジェイが冗談を言い合うのを聞いて、キャリーは目を丸くした。リュクにこんな一面があるなんて、いままで知らなかった。

「ところで、きみの花嫁になる女性に最初に祝福のキスをさせてもらってもいいかな？」

ジェイがキャリーの方に歩き出すと、彼女はほほ笑んだ。しかしいきなりリュクが二人の間に割って入り、キャリーの腕をつかんで彼女を抱き寄せた。

「キャリー、紹介しよう。ぼくの従弟《いとこ》、ジェイ・フィッツ・クラインバーグだ。すでに察していると思うが、ジェイとぼくは血縁関係にあることをつい最近まで知らなかったんだ」

「そのとおり。リュクのお祖父《じい》さんはぼくの祖父でもあったんだ。ぼくの父の出生証明書に父親として名前を載せるのを忘れてしまったようだけど。ぼくの名前に〝フィッツ〟をつけておいてくれた祖母に感謝しなくては。イギリスでは昔、王族の庶子は姓の前に〝フィッツ〟をつける習慣があった、と祖母はどこかで読んだらしい。で、ぼくの父の名前に同じことをしようと決め、それがそのままぼくの名前に受け継がれたというわけさ！」

ジェイは続けた。

「祖母が真実を打ち明けたのは、いまわの際だった。それまでは、戦争中に結婚して夫は戦死した、と話していたんだよ。しかし、こんな話は退屈で仕方がないだろうな。いまきみたちがしたいのは、二人きりになることだろうし……」

リュクと二人きりになるのは、キャリーがいまいちばん避けたいことだった。けれど彼女が何か言うより先に、ジェイはリュクを振り返った。

「ブリュッセルの話はまたあとでしよう。キャリー、会えてうれしかったよ」ジェイは笑顔になった。「今度ぜひぼくのヨットに来てディナーをともにしてくれたまえ。とはいえ、おそらくきみたちは婚約発表やら何やらで、これから目がまわるほど忙しくなるんだろうな。挙式はいつの予定？」

「今月末だ。ぼくたちは建国記念日に結婚する。今年はぼくの先祖がローマ法王からこの国を賜ってちょうど五百年に当たる。その日にぼくの結婚という祝賀行事を催すのはふさわしいことだと思うんだ」

キャリーはショックのあまり、口もきけなくなった。ぼくと結婚しろと言われたときは、まさかリュクがこれほど早く式を挙げるつもりとは思ってもみなかったからだ。

ジェイが応接間から出ていくまで待ってから、キャリーはリュクから身を引きはがし、激しい口調で言った。「もうたくさんよ。こんなことはできないわ。こんなのはばかげてる。誰もこの結婚を信じやしないわ！　あなたとわたしはほんの少しも通じ合うところがないんですもの！」

「そうか？　それならこれはどうだ？」

リュクに腕をつかまれたかと思うや、キャリーは彼の方にぐいと引き寄せられた。

リュクの唇が彼女の唇に重ねられるのは八年ぶりだった。八年前、キャリーはリュクの甘く荒々しいキスを味わった。彼のたくましい体が自分に押しつけられると、信じられないほどの喜びをおぼえた。この八年の間に、彼女は愚かで未熟な自分がリュクにかきたてられた喜びを忘れようと努めてきたし、忘れられたと信じていた。

でも……でも……。

唇はいつの間にか開き、目もくらむような喜びに頭がぼんやりする。

「いや！」

キャリーは必死に体を引き離そうとしたが、力ではまったくリュクにかなわなかった。彼の唇は苦もなくキャリーの唇を奪いつづけた。

キャリーの頭の中は真っ白になりつつあった。こんなふうに感じてはだめ。彼女は両手でリュクの胸を押し、同時に唇を引きはがそうとした。彼が唐突にキャリーを放したので、彼女はようやく息ができるようになった。

「信じられない。きみのキスはいまだに無垢な乙女のようだ」

リュクの視線を受けて、不安のためにキャリーの胃はぎゅっと縮んだ。グレーの鋭い瞳に見つめられると、何もかも見透かされてしまいそうだ。

キャリーはぴしゃりと言い返した。「わたしのほうはキスをしたつもりなんて全然ないわ。でも、いかにもあなたらしいわよね、自分の思いどおりすることに頭がいっぱいで、気づかなかったんでしょう。あなたはわたしがこの世でいちばんキスしたくない相手。それどころか、どんな形でも絶対に欲しいとは思わない相手よ」

「本当かな？」リュクの口調はあざけりを含んでいた。「これを見ると、そうは思えないが」彼は手を伸ばし、固くなったつぼみがTシャツを押し上げているキャリーの胸に指を走らせた。

キャリーは怒りと恥ずかしさから頬を染めた。

「これにはなんの意味もないわ」激しい口調で言いながら、リュクの手を払う。「わたしは――」

「きみはなんだい？」リュクが挑むようにさえぎった。「体に触れられれば、どんな男に対してもそんなふうに反応してしまうのか？　それなら警告しておこう、キャリー。今後ぼくたちの結婚が続く限り、きみの人生にもベッドにもほかの男が入ることは許さない」

「あなたにはわたしに命令する権利なんてないわ」

「きみはぼくの言うとおりにするしかない。さもなければ、きみときみの弟は……」

ハリーがリュクに破滅させられることだけは耐えられない。リュクに対するわたしの怒りと憎しみがどんなに強くても……。

「わかったわ」キャリーは歯を食いしばった。「あなたが言うとおり、わたしはあなたに従うしかなさそうね。でも、覚えておいて。あなたに拘束されているあいだ、わたしはその一分一秒を憎むし、あなたも同じような思いをするよう最大限の努力をするから」

「なんて情熱的な！　とはいえ、きみは昔から情熱的だったな」

リュクの表情はあからさまに侮辱的だったが、キャリーは彼にぶつけたい言葉をどうにかのみこんだ。

3

静かにカーテンの開けられる音がしたかと思うと、明るい朝の光が寝室に差しこんできて、キャリーは目を覚ました。前夜は胸にさまざまな感情が逆巻き、ようやく眠りに就いたのはほんの二時間ほど前だった。

メイドはカーテンをすべて開け終え、遠慮がちにベッドから少し離れた場所に立った。

「ベニータと申します。キャリーさまのお世話係を言いつかりました。朝食はこちらのスイートでお召し上がりになりますか？」

ベニータの英語はややぎこちないところはあるものの完璧《かんぺき》だった。サンタンデール公国の学校ではすべての生徒に第一外国語として英語を教えるべきだと主張したのは、大公即位前のリュクだった。そのような教育のための支出は必要ないとする摂政団の反対を押しきったのだ。

「サンタンデール公国はとても小さな国だ」リュクは摂政団に語った。「国民の多くはもっと大きな世界に出ていき、そこで暮らしたい、働きたいと思うようになるだろう。そうしたとき、言葉ができるというのはとても大事なことだ。国民は第一外国語を学ぶ機会を与えられるべきだ」

このエピソードを父から聞かされたとき、キャリーはリュクの考え方をとても立派だと思った。しかしあのころの彼女には、リュクのすることなすことすべてが立派に見えた。キャリーは彼をあがめ、崇拝し……。

「ありがとう、ベニータ。朝食は――」言いかけて、キャリーは口をつぐんだ。寝室のドアが勢いよく開き、リュクが入ってきたからだ。

ベニータはリュクを見て頬をピンクに染め、軽く膝を折ってお辞儀をしてから逃げるように部屋を出ていった。キャリーは迷惑そうにリュクをにらみ、ナイトドレスを旅行かばんに入れてこなかった自分に心の中で悪態をついた。

昨夜バスルームに用意されていた肌ざわりのいいバスローブを、キャリーは寝る前に脱いでベッドの横の椅子にかけておいた。でもいま椅子を見ると、バスローブは片づけられてしまっている。よく気のつくベニータが片づけたに違いない。

今朝のリュクはぴったりした白いTシャツにジョギング用のズボン、そしてランニングシューズといういでたちだった。

リュクが昔から健康的なライフスタイルを好んでいたことをキャリーは思い出した。リュクの私的居住部分には屋内プールがつくられていたし、彼のスキーの腕前は超一流で、留学中はオックスフォード大学の代表選手でもあった。

だがリュクが健康の維持に努力しているとはいえ、すばらしく筋肉の発達した男性的な体を彼に与えたのは母なる自然だ。リュクはたやすくキャリーの欲望をかきたて、彼女をみだらな気持ちにさせることができる。

「きょうの正午、城の前の広場でぼくたちの婚約を宣言する運びになった」リュクは事務的に告げた。「挙式の日取りもそのときに発表する。ああ、それから従弟《いとこ》のジェイが今夜、彼のヨットでぼくたちの婚約を祝う非公式のパーティを開いてくれるそうだ。マスコミには、ふたたび火がついた情熱が激しすぎて、ぼくたちは長い婚約期間に耐えられそうにない、と伝えることにした」

「では、あなたはまだこの茶番を続けるつもりなのね？」キャリーは挑むような口調できいた。「わたしはてっきり、あなたもひと晩頭を冷やせば正気に戻るかと――」リュクがベッドへと大股に歩いてきたので、彼女は黙った。

「きみはまったく変わっていないな、キャリー。いまも人を挑発するのが好きらしい。きみが十代のころは、きみの目的が何か簡単にわかった。だがいまぼくを刺激するのはどういう目的からだ？　それとも昔と同じ目的なのかな」

キャリーは顔が燃えるように熱くなるのを感じた。十代のころ、わたしが無邪気にもリュクの欲望をかきたてようと誘惑を試みたのは本当だ。でもいまその話を持ち出すなんて！

「あなたって本当にいやらしい人ね」頭にきたキャリーは噛《か》みつくように言った。「救いようもないほどいやらしいわ！」

リュクは肩をすくめて彼女の非難を片づけたが、彼の目がきらりと光ったのをキャリーは見逃さなかった。

「公の場にふさわしい服は、持ってきているだろうな？　経済ジャーナリストという職業を考えると、フォーマルなビジネス・スーツとか？　実を言うと、キャリー、きみが大学で非常に優秀な成績をおさめたと知ったときは驚いたよ。どうやら、経済に関する才能をお父さんから受け継いだようだな。なにしろ、大学時代のきみは、かなり奔放に遊んでいたようだから」

リュクがキャリーについてとてもよく知っているので、彼女はびっくりした。おそらくキャリーの父が娘の近況について語って聞かせていたのだろう。

「ここを去って大学に入ってからは、何人もの男のベッドで情熱的な時間を過ごしたんだろう？」

「そんなこと、あなたにとやかく言われる筋合いはないわ。毎年夏になると、ファッション雑誌にあなたの新しい〝お相手〟のゴシップが載るでしょう。モデルに女優に人気歌手に……」

「きみが言ってるのは、税金逃れのためにわが国に来た外国人居住者のことだろう。マスコミがそれをわざと誤解してもぼくの責任じゃない。さらに言うなら――」

「わたしには関係ない、と？」キャリーは彼の代わりに言った。「ええ、そうね。同じようにわたしの過去の男性遍歴もあなたには関係ないことよ！」

「きみの過去の男性遍歴は関係ないかもしれない。しかし現在と未来に関する限り、そういうわけにはいかない。きみに警告しておくが――」

「あなたがわたしに警告するですって？　あなたはこの国でなら、なんでも好きなようにできると思っているのかもしれないけれど」キャリーは激しい口調で抗議しながら、上半身を起こした。「わたしは絶対に……」

自分の言いたいことを強調しようと手を大きく動

かしたキャリーは、上掛けが体からすべり落ちそうになっているのに気づいた。

キャリーはとっさに手を伸ばしたが遅かった。日に焼けたリュクの手が上掛けの端をつかむ。彼は上掛けをキャリーから遠ざけ、彼女をベッドに押さえつけた。

リュクのグレーの瞳に見つめられ、キャリーは動けなくなった。

怒りから彼女の顔は燃えるように熱くなった。

「ぼくが知っていた娘は、小犬とリボンが描かれたナイトドレスを着て眠っていた。自分の家以外のベッドで何も身につけずに寝るのは、セクシーなことが好きで性的に自信のある女性だけだよ、キャリー」

「あるいは単にナイトドレスを持ってくるのを忘れたか、ね」キャリーは辛辣《しんらつ》な口調で言い返した。

むき出しになった胸に暖かな日差しが当たるのを、彼女は意識した。

「きみは日光浴をするとき、トップレスにならないのか」

キャリーはますます顔が熱くなった。どうしてそんなことがわかるのだろう？　わたしが見る限り、リュクは胸にはまったく目をやっていない。わたしの体など魅力はないから一瞥《いちべつ》にも値しない、とでも言わんばかりに、彼はわたしの目を見つめたままなのに。

「前回の休暇はアメリカで過ごしたの。わたしが滞在したリゾートでは、トップレスでの日光浴は歓迎されなかったわ」

「つまり、きみの連れはきみの全身を見られるのは自分だけだと満足感にひたれたわけだ」

「わたしの〝連れ〟は女友達だったの」キャリーはぴしゃりと言った。「もし違ったとしても、あなたには少しも関係のないことだけれど」

それなら、どうしてわたしは自分が貞淑であることを彼にわからせたいなどと感じるのだろう？　リュクにどう思われるかなんて、もうどうでもいいことでしょう？　彼だって修道士みたいな生活をしていたわけではないのだから。少なくともマスコミの報道を信じるならば。

キャリーはいらだたしげに上掛けを引っ張り、むき出しの胸を隠そうとした。しかしリュクがそうさせなかったので、彼女は唯一残された防衛手段に訴えることにした。キャリーは辛辣な軽蔑《けいべつ》の言葉を投げつけた。

「男性はみんな一種の本能として女性のヌードを見るのが好きみたいだけれど、あなたもそうだと知って驚きだわ、リュク。だって、あなたは昔からふつうの人間とは違う、ずっと高尚なレベルに自分を高めるのが好きだったでしょう？　大公殿下！」

リュクは険しく目を細めた。そこに男としていらだちの色が浮かんだのを見て、キャリーは自分の言葉に彼が動揺したことに満足した。しかし、リュクは即座に無情な報復をした。視線をキャリーの胸のふくらみに落とし、ぶしつけにじっくり眺めて彼女を赤面させたのだ。

「きみがぼくの前に体をさらそうとしたんじゃないか。こちらはべつに――」

キャリーは怒りに駆られ、彼をさえぎった。「わたしが体をさらそうとした、ですって？　冗談じゃないわ」

リュクは眉を寄せ、唐突に上掛けを離して、腕にはめた優美なゴールドの腕時計に目をやった。

「二時間のうちに朝食をとって身支度を整えてくれ。ぼくはいくつか電話をかけなければならない」

リュクの態度が一変したことに不意をつかれ、キャリーは呆然《ぼうぜん》と彼を見つめた。リュクがベッドから離れようとしたときになって、ようやく彼女は胸を隠すのを忘れていたのに気づいた。

頬をピンクに染めて、キャリーは急いで上掛けを引っ張った。

「十一時半にグリーン・サロンで会おう」リュクは冷ややかに告げた。

床から天井まで届く鏡に映った自分を見て、キャリーは満足げに小さくため息をついた。彼女は自分に与えられたスイートのドレッシング・ルームにいた。

クラシックな雰囲気のテイラードスーツはきょうのような場に完璧だった。ひょっとしたら少しフォーマルすぎるきらいはあるかもしれないが。

キャリーは満面の笑みを浮かべ、まるで手に負えないいたずらっ子のような表情になった。

それもそのはず、テイラードスーツはクローゼットにつるしたままで、キャリーが着ているのは、清潔ではあるけれどとても古くて色あせた細身のジーンズと丈の短いTシャツなのだ。Tシャツの裾《すそ》からは引き締まってすべすべしたおなかが五センチほどのぞいている。

これまではつけたことがないほど濃いマスカラ、白っぽいピンクの口紅、そして壁紙も貼《は》れそうな量のワックスでかためた髪が、いつもは上品な雰囲気のキャリーを一変させていた。

ふだんのわたしだったら、絶対にこんな格好はしない。リュクはこの格好をものすごくいやがるだろう。そう考えて、キャリーはうれしくなった。

十一時二十五分だ。仕上げのタイミングも完璧だわ！

ほくそ笑みながら、キャリーはスイートの扉を開け、廊下に出た。

グリーン・サロンは金色のロココ朝家具で統一された豪華な部屋だが、城の公用部分の中ではそれほどフォーマルな雰囲気ではない部屋のひとつだ。グリーン・サロンの絨毯《じゅうたん》は漆喰《しっくい》仕上げの天井の模様に合わせ、オービュッソン織りの有名な工場で特別に織らせたものだ。両開きのガラス扉からは優美なバルコニーに出られるようになっていて、そこから城の美しい庭が見渡せる。

自分の格好がリュクに与える衝撃を考えて、キャリーはうきうきしていた。わたしの振る舞いは子供じみているかもしれない。でも、リュクのやり方にわたしがどれほど反発を感じているか、示す方法はこれしかない。ハリーに害が及ぶことなくリュクに反抗するには、これが唯一の方法だ。

キャリーが階段を降りきろうとしたちょうどそのとき、グリーン・サロンの扉が開き、リュクが足早に出てきた。彼はキャリーを見て、棒立ちになった。

しばらくの間、二人は身じろぎもしなかった。リュクの目に怒りの炎が燃え上がったのを見て、キャリーは勝ち誇った気持ちになり、体が小さく震えるのを感じた。

あたりに不吉な緊張感とおそろしく危険な雰囲気が張りつめた。キャリーのうなじの産毛が逆立つ。

「それは何かの冗談か?」

リュクの声にはまったく抑揚がなく、そのため緊張感はさらに数段高まった。

「なんのことかしら?」キャリーは無邪気を装ったが、彼女の目には激しい闘志がはっきりと浮かんでいた。

「しらばっくれるのはやめろ」リュクが冷ややかにぴしゃりと言った。「その服装のことに決まって――」

「ああ、わたしの服装のこと」キャリーは彼をさえぎった。「これがわたしの服だし、こういう格好をするのがわたしなの。あなたに合わせるために変えるつもりはないわ。わたしと結婚するか、やめるか、あなたの好きにしてちょうだい。わたしを脅迫してこのいまわしい婚約と結婚を無理強いすることにしたのはあなたの勝手だけど、わたしが何を着るかはわたしの勝手よ！」

リュクの唇が固く引き結ばれた。

「ぼくはきみの記事と一緒に載っていた写真を見たことがある。だから、それがふだんきみが公の場に出るときの格好じゃないのはよくわかっている。それにその髪は……」

キャリーはいぶかしげに眉をひそめた。わたしの記事と一緒に載っていた写真？　彼はわたしの記事を読んだことがあるの？　彼女にとって好ましくない、危険でせつない感情が胸にめばえそうになる。

キャリーはそれをあわてて抑えこんだ。

「あら、気に入らない？」挑戦的な顔でリュクを見ながら、頭を軽く振る。「最新のスタイルなんだけど」

「まるで壁紙用の糊《のり》をひと瓶空にしたみたいな髪型じゃないか。そんな格好のきみをわが国民の前に出すわけには絶対にいかない」リュクは断固とした口調で言った。「それは国民に対する侮辱だ」

「リュク……何をするの？　リュク、放してちょうだい」キャリーは叫んだ。大股に近寄ってきたリュクが彼女の腕をつかみ、引きずるようにして階段を上りはじめたからだ。

「おとなしくしないと、抱き上げて連れていくぞ」

抵抗を続けるキャリーに、リュクが警告した。

キャリーは動きを止めた。

「やって――」

〝やってごらんなさいよ〟と言うつもりだったが、リュクの顔を見て、キャリーは挑発の言葉をのみこんだ。

スイートにたどり着いたときには、キャリーは息を切らしていた。悔しいことに、リュクはまったく平気な様子だ。

彼はキャリーを部屋に押しこみ、ドアに鍵《かぎ》をかけた。

「キャリー、きみにはもう我慢がならない」歯を食いしばるようにして、リュクは言った。

「だからなんなの？　それはあなたが悪いのであって、わたしの責任じゃないわ」

キャリーは小さくあえいだ。突然、足が浮くほど激しくリュクの腕に抱きしめられたからだ。彼の唇がキャリーの唇を覆う。リュクは野蛮と言ってもいいほどの荒々しさで怒りに満ちたキスを始め、キャリーの鬱積《うつせき》していた感情に火をつけた。

こんなキスはこれまで経験したことがない。リュクと主導権を奪い合いながら、キャリーはぼんやりと思った。二人の嫌悪と憎しみが燃えるような情熱をたきつけ、彼女はリュクの唇の跡が自分の唇に焼きつけられるような気がした。

キャリーの胸は早鐘を打ち、興奮が全身を駆けめぐった。危険なほど欲望に近い何かが突き上げてくる。

でも、もちろんわたしはリュクに欲望なんて感じていない。キャリーは自分に言い聞かせた。それは彼のほうも同じはずだ。たとえ、急に驚くほど高まったリュクの体がわたしの体に当たっていても。いつの間にか彼の手はキャリーのTシャツの下に忍びこんでいた。片手は彼女の背中に広げられ、片手は胸を包みこんで、固くなった頂を親指でなぶっている。

キャリーはわれ知らずリュクに体を押しつけていた。彼の懲罰的なキスに対して熱病に冒されたような反応を引き起こさせた怒りは、もっと危うい情熱へと変化しようとしている。

必死になって、キャリーはリュクから身を振りほどいた。

「わたしがあなたをどれだけ嫌い、どれだけ軽蔑しているかわかる?」

「おや、それがいまきみがぼくに証明しようとしていたことか?」リュクはあざけるように口にしたが、彼の胸がふだんより少し大きく上下しているのが見て取れた。

つかの間彼を肉体的にかきたてることができたと知っても、キャリーは少しも満足感を得られなかった。彼女が感じたのは一種の嫌悪だった。嫌悪と、リュクに応《こた》えてしまうほど弱い自分に対するショックだ。

「あと三十分ある」背筋が冷たくなるような声でリュクが告げた。「その格好をきみが自分でどうにかするか、きみの代わりにぼくがするかだ。ぼくは本気だぞ、キャリー。ぼくがきみに服を着せることになったら、きみはそのやり方を絶対に喜ばないだろう」

リュクは冗談を言っているわけではない。それはキャリーにもわかった。

バスルームに入ったキャリーはジーンズとTシャツを脱ぎ、急いでメイクを落とした。顔をしかめながら、髪にブラシを通す。

手が震えているのを感じながら、アイシャドウとマスカラを控えめに塗り直した。ありがたいことに、髪はすでにいつものスタイルに戻っている。

キャリーはちらりと腕時計に目をやった。もう十分もたっている! でも、あと十分もあればスーツを着て、それから……。

スーツ。キャリーはスーツがクローゼットの中につるしたままなのを思い出して凍りついた。クローゼットは鍵をかけたバスルームのドアの向こう、リュクが待っている部屋にある。彼女は下唇を噛んだ。このままでは時間がどんどんなくなっていく。

キャリーはタオルをつかんで体に巻き、ドアの鍵を開けて、戸口から頭だけ突き出した。

リュクはスイートの入口の扉に腕を組んでもたれていた。

「用意できたのか?」

キャリーはかぶりを振った。

「スーツはここにないの」

「どこにあるんだ?」

「クローゼットの中よ」

キャリーが答えると、意外にもリュクは自分で取りに行けと言う代わりに、彼自身がクローゼットに行き、中からスーツを取り出した。

「これか?」

無言でうなずいたキャリーは、彼がスーツを持ってくるのを見て緊張した。

「あと五分だぞ」スーツを手渡しつつ、リュクは警告した。

突然わけもなく手が震え出し、キャリーはスラックスのファスナーを締めるのに何秒も浪費してしまった。いったいどうしてわたしはこんなに体が震えて緊張しているのだろう? さっきリュクにキスをされたから? まさかそんなはずはない。

「時間だ」

キャリーははっと息をのんだ。リュクがバスルームのドアを勢いよく開け、彼女の装いを無言でチェックした。

「これかさっきのジーンズのどっちかですからね」キャリーは言い放ち、彼の横を通り抜けた。

「待ちたまえ」

キャリーは用心深くリュクを振り返った。彼がポケットから革製の箱を取り出すのを見て、キャリーはどきりとした。

「きみはこれをはめる必要がある」リュクの声は冷静だった。

その箱に何が入っているか、キャリーは知っている。リュクがドゥルビーノ家に代々伝わる婚約指輪を初めて見せてくれたときのことを、彼女はいまも覚えていた。あのとき彼女は信じられない思いで目をみはり、きらきら輝くダイヤモンドに囲まれた巨大なエメラルドを見つめた。こんなに美しくて迫力のある指輪を見るのは初めてだ、と思いながら。

当時のキャリーはまだ十代だったので、リュクのような男性にこんな指輪を指にはめてもらい、ぼくが一生をともにしたいのはきみだと世間に宣言されたなら、どんなにすてきだろうと空想をめぐらしたものだ。

キャリーはいままったく違った見方でその指輪を見つめていた。ダイヤモンドの冷たい輝きはリュクが彼女に無理強いしようとしている婚約の冷酷さを、指輪のずっしりとした重みは彼女がいま感じている憂鬱の重さを象徴しているように思える。

「震えてるじゃないか」

からかっていると言ってもいいようなリュクの口調に、キャリーはいらだった。

「ええ、怒りから震えているのよ。あなたがしていることは本当に最低だわ」

「いや、違う。ぼくがしているのは国民のためにぼくがしなければならないことだ」リュクは冷ややかに言った。「とはいえ、きみは昔から短気で感情的すぎるところがあったから、人は欲望よりも義務を優先させなければならないときがあるということがわからないんだろうな」

キャリーが顔をしかめてリュクの言葉に考えをめぐらしていると、彼は言葉を継いだ。

「さあ、時間だ」

婚約指輪は怖いほどキャリーの指にぴったりと合った。それから五分後、リュクに手を彼の腕にかけさせられると、キャリーは指輪の存在を痛いほど意識した。ファンファーレが鳴りやむまで待ってから、リュクはまばゆい日差しと、彼らを待ち受けているカメラマンのフラッシュの中にキャリーを連れ出した。

二人の婚約が正式に宣言されるのが聞こえ、暖かな日なのにもかかわらず、キャリーは寒けをおぼえた。集まった群衆が手をたたき、歓声をあげた。だが群衆の全部が歓声をあげているわけではない。

後ろのほうに興奮した若者の一団がいて、警官に囲まれながらスローガンをどなり、横断幕を振っている。彼らが求めているのは、外国人によって国内に持ちこまれた汚れた金を一掃することだった。

婚約発表という現実から目をそむけたくて、キャリーは幸せを祈る祝賀スピーチではなく、若者たちのわめき声に耳を傾けた。

ふたたびファンファーレが鳴った。はっとわれに返ったキャリーがリュクを見ると、彼はキャリーの左手にキスをし、それからゆっくり頭を下げて彼女の唇にキスをした。

観衆は興奮して拍手喝采《かっさい》し、カメラマンはいっせいにフラッシュをたいた。キャリーはけがをした子供のように泣きわめきたくなった。

リュクが唇を離した。彼はキャリーの肘をつかみ、低い声で言った。「これからぼくたちは観衆の間を歩くことになっている。彼らがぼくたちと幸せを分かち合い、じかに祝福の言葉を述べられるように」

キャリーは辛辣な言葉を返したくてうずうずしたが、リュクの手が警告するように腕に食いこむのがジャケットを通して感じられた。

「殿下、これより城内に戻られるほうが得策と思われます」年配のいかめしい顔をした男性がリュクにささやいた。以前の摂政団のひとりだった。「お祖父《じい》さまでしたら、あのような反乱行為には決して我慢なさらなかったでしょう。わたくしはあの若い野次馬たちを即刻厳しく罰せられますよう強く申し上げます。さらにあらゆる種類のデモ行為の禁止、あるいは夜間外出禁止令を出されることをお勧めします。殿下はわたくしの意見をご存じのはずです」

「そしてジェラルド、きみはぼくの意見を知っているはずだ」リュクは穏やかな声で応じ、叱責《しっせき》に近い言葉のきつさをほほ笑みでやわらげた。「きみの忠告と気遣いにはもちろん感謝している。しかし、国民には自分たちの感情を表現する権利がある」

「ああいう手合いがきょうのようなまねを続ければ、お祖父さまがこの国のためになされたことがすべて打ち崩されてしまいますぞ。預金者の秘密を守るという銀行法なくして、わが国は……」

リュクはまだキャリーの腕をつかんだままだ。ジェラルドがかっとなって言い返した一瞬、リュクの手に力がこめられたのをキャリーは感じた。しかし彼女が頭をめぐらしたとき、リュクの顔には静かな表情が浮かんでいた。彼の考えは読めない。

「もちろん、わたしは祖父がしたことを尊敬している。しかし時代は変わり、われわれもそれに応じて変わる必要がある。最近ではスイスでさえ銀行業務プライバシー保護法を変更するよう、ECから圧力をかけられている。先月ルクセンブルクを訪れたときには、この問題についてかなり突っこんだことをきかれたよ。だが、この話はまた今度にしよう。いまは国民が大公妃となる女性を見て、もうすぐ挙式するぼくたちにおめでとうと言いたがっている。彼らをがっかりさせたくない」

キャリーはジェラルドがふたたび反論するに違いないと思った。肉の薄い頬が赤くなったのを見れば、彼がそうしたいと思っているのは明らかだ。しかし、リュクの表情に浮かんだ何かがそれを思いとどまらせたようだった。

「結構！　結局のところ、そのようにご決断されるのは殿下の権利です。サンタンデール公国の統治者は殿下でいらっしゃいますから」

「そうだ」リュクは穏やかにうなずいた。

「しかし、せめてあのやかましい者たちを排除することをお許しください」

リュクはかぶりを振った。

「ほうっておこう、ジェラルド。彼らには自分の意見を持ち、それを表明する権利がある」

「はい、ですが三カ月に一度の謁見式やこのような機会には……」

リュクはただほほ笑み、首を横に振った。彼はジェラルドに背を向け、キャリーを連れて広場へと足を踏み出した。

デモ参加者に対するリュクの忍耐強さと寛大さに、キャリーは実のところ驚いていた。リュクは本当に彼らの不平に耳を傾けるつもりがあるのだろうか？それとも彼の〝忍耐〟は単なる戦術的な建前なの？


日がさんさんと降りそそぐ広場を歩いてまわりはじめると嵐《あらし》のような喝采が押し寄せてきて、キャリーはばかばかしいと思いながらもふいに感動の涙がこみあげてくるのを感じた。人々が彼女に触れようと手を伸ばした。子供たちははしゃいでキャリーを見上げ、日に焼けてしわだらけの顔の年配の女性たちはうっとりしてリュクを見つめ、男たちは敬意を表して静かに頭を垂れる。

「神さまの祝福がありますように」女性たちがキャリーに向かって小さな声で言うのが聞こえた。「そしてあなたさまに元気な男の子とかわいい女の子を授けてくださいますように」

「お妃《きさき》に子供を授けられるのは大公殿下だよ」ひとりの男性がくっくっと笑いながら妻に言うのが聞こえ、キャリーは頬が熱くなった。

広場の反対側では、デモ参加者の前に騎馬隊が一列に並んでいる。

リュクとキャリーが近づいていくと、デモ参加者の中から急に耳障りなブーイングがわき起こった。

「国民はあなたの結婚を待ちわびていたんじゃなかったの？」キャリーはリュクに皮肉を言わずにいられなかった。

大公家に好意的な見物人がデモ参加者の侮辱的振る舞いに抗議を始め、群衆の間で小競り合いが起こった。誰かが腐った果物を投げたが、それは的をはずして美しい敷石の上で砕け散った。騎兵の馬が一頭、驚いて飛び跳ねた。その馬のすぐ後ろにいたデモ参加者たちが群衆のいちばん前に出て、リュクとキャリーに罵声《ばせい》を浴びせる。

リュクは泰然としてそれを無視した。

幼い子供連れのデモ参加者が何かを投げるため子供を下ろしたのに、キャリーは気づいた。小さな男の子は警備線をくぐった。恐ろしいことに、投石を受けた馬が驚いて後ろ脚で棒立ちになった瞬間、その高く上げられた蹄《ひづめ》の下に男の子はよちよちと歩いていった。

とっさにキャリーは息をのみ、手で口を押さえた。男の子に気づき、恐怖に襲われた見物人たちも、あっと声をもらす。

リュクはキャリーを放すやいなや、男の子に駆け寄った。彼はすんでのところで子供を抱いて馬の蹄の下から脱出した。

群衆は安堵《あんど》のため息をつき、ひとりの女性は緊張のあまりわっと泣き出した。男の子の父親はいまや顔面蒼白《そうはく》になり、縮こまって警備線の際に立っていた。そこへ向かって、子供を抱いたリュクが歩いていく。

リュクが無言で子供を父親に引き渡すのを、群衆はしんと静まり返って見守った。たったいまの出来事を目撃した者なら、子供の命を救うために、リュクが自分自身の命を大きな危険にさらしたことを疑わなかっただろう。

不本意ながら、キャリーは感動から喉が詰まりそうになった。少年の命を救い、その子を父親の手に戻すというひとつの行為によって、リュクは、大公は国民の父であること、愛情が深く、自分よりも弱い者を守る力があることを証明してみせたのだ。それはデモ参加者をも謙虚な気持ちにさせ、沈黙させた。

誰かが歓声をあげ、厳かな沈黙を破った。誰もがそれにならい、広場はたちまち拍手喝采の渦に巻きこまれた。

4

キャリーは寝室を見まわし、いぶかしげに顔をしかめた。ベッドも椅子も長椅子も、さらには床まで高級ブランドの紙袋や箱で埋めつくされており、その真ん中に今朝キャリーの世話をしてくれた若いメイドのベニータが興奮した面持ちで立っている。

「いったいどうしたっていうの？」キャリーは強い口調できいた。「これはいったい何？」

「大公殿下がご注文になったんです」ベニータは息をはずませながら説明した。「キャリーさまのためにカンヌから新しいワードローブ一式をお取り寄せになったんです。高級ブランド店はどこも大興奮でしょうね」彼女は幸せそうにため息をついた。「自分の店のドレスを着ていただける新しいお妃《きさき》さまが誕生して、有頂天になっているはずです」

ドレスの値段がいくらか考えたら、さらに有頂天になるんじゃないかしら。キャリーは暗い気持ちで思った。

リュクときたら、よくもこんな勝手で傲慢《ごうまん》なまねができたものだ。わたしは新しい服が欲しかったら、自分で選んで、自分で支払いをするわ！

キャリーは厳しい表情で紙袋をいくつかかき集め、部屋の戸口へと運んだ。

「これはいますぐカンヌに送り返してちょうだい」

きびきびした口調でベニータに命じる。これがほかのときならキャリーも、ベニータのがっかりした顔を見て笑ったかもしれない。しかしいまは頭にきていてそれどころではなかった。

「でもそんな、まさか本気じゃございませんよね。これは大公殿下が自ら手配されたものなんですよ」

キャリーの唇が固く引き結ばれた。

「殿下は国民やカンヌのブランド店には命令なさるかもしれないけれど、わたしには絶対に命令しようとはなさらないわ。これはみんなひとつ残らず送り返してちょうだい。それもいますぐ！」

ベニータは困りきった様子でいまにも泣きそうな顔になった。

「でも今夜はジェイ・フィッツ・クラインバーグさまのヨットで盛大なパーティが行われます。キャリーさまはそのときにお召しになるものをお持ちじゃないじゃありませんか！　ほかのレディはみなさんすばらしいドレスを着ていらっしゃるのに、キャリーさまだけ違うということになってしまいます。キャリーさまは大公妃になられるかたですもの、ほかのかたのほうがエレガントに見えたらおかしいです」

ベニータの声からは困惑だけでなく、憤りも感じられた。

「わたしの従姉《いとこ》はアメリカ人女優のジーナ・パローのお屋敷でメイドとして働いているんですが、彼女によると今夜ミズ・パローは特注の新しい夜会服を着るそうです。それにほかのレディもみなさんとてもすてきなドレスを着ていらっしゃるはずです。ジェイ・フィッツ・クラインバーグさまのヨットにはいつも美しいレディが大勢集まりますから」

「わたしは麻のドレスを持ってきているから、それを着ることにするわ」キャリーは強情に言い張った。

ベニータは芝居がかった足どりでドレッシング・ルームに歩いていき、キャリーのドレスを持って戻ってきた。

「これがおっしゃっているドレスでしょうか」彼女は軽蔑《けいべつ》したような口調で言った。

「ええ、そのとおりよ」キャリーは認めた。

そのとき寝室のドアが勢いよく押し開けられ、恐ろしい形相をした背の高い年配の女性がずかずかと入ってきた。両わきに不安げな面持ちのお供を従えている。

伯爵夫人——マリアの祖母だ。キャリーは顎を突き出し、伯爵夫人の高慢な視線を冷ややかに受けとめた。

伯爵夫人は片方の眉をぴくりと動かしただけでベニータを凍りつかせた。

「はずしなさい」

夫人は冷たい声で言い、自分のお供にも出ていくよう手ぶりで示した。

「つまり、本当だったのね！」伯爵夫人はいきなり本題に入った。「ずうずうしくもサンタンデール公国に戻ってきたばかりか、リュクをうまく言いくるめてこの茶番のような婚約を了解させたというのは。予定より早くフィレンツェから戻ることにして、本当によかったわ。リュクが結婚する相手はマリアと決まって――」

「残念ながら、それは無理かと思います。マリアに重婚罪を犯すつもりがあれば別ですけれど」キャリーは笑顔でさえぎった。「だって、マリアは先日わたしの弟と結婚したんですもの」

ああ、なんて快感かしら！　伯爵夫人の表情を見ながら、キャリーは思った。夫人の顔にはショックとまさかという表情と憤怒《ふんぬ》の色が入れ替わり立ち替わり浮かんだ。

「そんなことは嘘《うそ》に決まって……」

キャリーはそっけなく肩をすくめた。

「嘘と思いたければ、どうぞ。マリアがハリーとの結婚をあなたに自分で報告することはできないと思ったのも不思議じゃありませんね。マリアはいま、生まれて初めて本当に愛されていると感じているに違いありません。あなたにとって、マリアはずっと利用するための道具でしかなかったんでしょう？

わたしの弟と違って、あなたはマリアを一度だって愛したことがなかった。残念ですけれど、もう手遅れですよ。マリアはわたしの弟と結婚して、それをお伝えするためにわたしはここに来たんですから」

「嘘おっしゃい」伯爵夫人は決めつけた。「あなたはもう一度リュクをそそのかして彼のベッドにもぐりこむために来たんでしょう。でも、あなたのたくらみはうまくいきませんよ。あなたがどうやってリュクを言いくるめたのかは知らないけれど、わたくしが突き止めて……」

キャリーは何も言わなかった。突き止めてもらいたいものだわ、と彼女は心の中でつぶやいた。わたしがリュクを言いくるめるどころか、彼がわたしに婚約を強要したという事実を！

「大公妃の座を奪うために、マリアをあなたの弟と結婚させるなんて許せません。あなたは大公妃のような高い地位にふさわしい人間ではありません。リユクの妻としてどのように振る舞うべきか、まったくわかっていないに決まっています。その格好を見てごらんなさい。わたくしはマリアにそんな服を――ジーンズをはくなどということは絶対に……」

キャリーは我慢の限界に達しつつあった。しかし、伯爵夫人の侮辱にいちばん傷つけられたのは彼女のプライドだった。つまりこの人は、わたしがリュクの結婚相手としてふさわしくない、大公妃の役割を演じることも、地位にふさわしく自分を装うこともできない、そう考えているのね。いいわ、そんなことはないと、もうすぐ証明してみせるから。キャリーは憤然として決心した。

「それにこれはいったい何？」伯爵夫人は紙袋や箱をいぶかしげに見ながら強い口調できいた。

「わたしの新しい服よ」キャリーは嬉々《きき》として答えた。「リュクが買ってくれたものです」

伯爵夫人の顔が怒りにこわばった。「本当に抜け目のない人ね、すぐさまリュクにおねだりをするなんて！　あなた、サンタンデールに来て何日？　一日か二日？」

キャリーの堪忍袋の緒が切れた。

「これはリュクの思いつきよ。わたしがねだったわけではありません」彼女はぴしゃりと言った。「それに、たったいまあなたもおっしゃったように、彼の妻となるからには、わたしがそれにふさわしい装いをするのは当然でしょう」

伯爵夫人の顔に激しい怒りの表情が浮かんだのを見て、キャリーは快感をおぼえ、夫人をもっと怒らせてやりたいという衝動に駆られた。

「わたしが豪華な宝石を持っていないということを、リュクが覚えていてくれるといいんですけれど。だって今夜ジェイのヨットで開かれるパーティでは、わたしの新しい役割にふさわしい装いをしなければならないでしょう。ああ、結婚式が待ち遠しいわ。

サンタンデール公国の戴冠《たいかん》用宝石は類を見ないほどすばらしいそうですから……」

伯爵夫人の顔が醜い紫色の斑《まだら》模様に染まった。

「あなたがリュクと結婚することはありません」憤然と伯爵夫人は断言した。「絶対に」

大きな音とともに扉が閉められると、キャリーはびくっと体を震わせた。これで退路は完全に断たれた。自尊心を傷つけられて短気を起こしたせいで、わたしは大きな代償を払わされるはめになるだろう。さらに悪いことに、今夜わたしのシンプルな黒い麻のドレスを着るわけには絶対にいかなくなってしまった。

またもやリュクの思惑どおりだ。

美しいドレスに対する関心ほど、女性同士を固く結びつけるものはない。キャリーは苦笑しながらそう思った。キャリーはベニータと高級ブランドの袋の中身をあらためているところだった。ベニータはキャリーの質問に答えて、自分の身の上について語った。彼女は大学を卒業したばかりであること、留学資金を稼ぐために夏までメイドとして働いていること、いずれは法律関係の仕事に就くこと、などを。

それにしても、なんてすばらしい服かしら！　しぶしぶながらキャリーは、リュクの注文したものが本当に美しいワードローブであることを認めざるを得なかった。しかもよく考えて選ばれている。いまや彼女はありとあらゆる場面に対応できる服を持っていた。最高に優美なフォーマルドレスからセクシーな細身のジーンズとデニムのスカートまで。ジーンズが袋から出てきたとき、キャリーはふと笑わずにいられなかった。リュクの妻はジーンズなどはいてはならないという伯爵夫人のお高くとまった主張も形なしだ。とはいえジーンズにもピンからキリまであるけれど。

「今夜はこのドレスになさったらいかがです?」ベニータがわくわくした様子で提案した。

キャリーはベニータが差し出したドレスを見た。びっしりとビーズが縫いつけられ、胸元が深くくれたドレスはみごとだ。でも……。

「いいえ。今夜はこっちのドレスのほうがいいと思うわ」キャリーはクローゼットからクリーム色のサテンのシンプルなドレスを取り出した。襟が高く、スカート部分には優美なひだが寄せてある。

「それではふつうすぎますし、ちっともセクシーじゃありません」

ベニータは反対してから顔を赤らめた。

「あの……申し訳ありません」口ごもりながら、彼女は言った。「わたしったら……身のほどをわきまえずに……」

「いいのよ。あなたには正直な意見を聞かせてもらいたいわ」キャリーは応じた。「それにあなたの言うとおり、このドレスはセクシーじゃない。でもわたしが着たいのはこれなの」

キャリーは時刻を確認した。グリーン・サロンに下りていってリュクに会う時間だ。伝言によれば、彼は船上パーティに先立ち、側近とその妻を呼んで飲み物を振る舞うことにしたという。彼らにキャリーを紹介するために。

キャリーが身にまとったドレスは彼女の体に完璧《かんぺき》にフィットしていた。高価なドレス生地はやわらかなラインを描いて後ろに魚の尾状に伸びている。ウエストのすぐ下から寄せられた細かなギャザーがヒップラインを強調し、思いがけず魅惑的な雰囲気を醸し出していることをキャリーは認めざるを得なかった。

キャリーは髪をアップにまとめることにした。ドレスに合わせ、二十一歳の誕生日に父から贈られたダイヤのイヤリングが映えるようにするためだ。

春の夜気が冷たくなった場合に備えて、ドレスとそろいのショールを持つ。

七時半。サロンに下りるときが来た。

従僕がキャリーのために扉を開けると、室内がしんと静まり返った。

そこには四十名ほどが集まっていたが、部屋の大きさを考えればほんのひと握りの人々で、キャリーが知っている顔は二人だけだった。

ひとりは正面に立っているリュク。彼はタキシードを着ている。悔しいことに、キャリーはまるでナイフで突かれたかのように胸が苦しくなった。

もうひとりはどっしりとしたサテンのドレスを着た伯爵夫人。手と首をダイヤモンドでまばゆいばかりに飾っているが、その冷たい輝きも彼女の目の冷たさにはかなわない。

キャリーは突然、リュクに駆け寄りたいという愚かな衝動に駆られ、気づくと実際に彼の方に向かって何歩か歩き出していた。

キャリーが躊躇《ちゅうちょ》して足を止めると、リュクは前に出て手を伸ばした。そのとき伯爵夫人が急にいらだたしげに手を振り動かした。夫人の目に宿った憎しみと軽蔑の色はキャリーの身をすくませた。しかしキャリーはわざと顎を上げ、断固とした足どりでリュクに向かって歩き出した。彼の目をじっと見つめながら。

「キャリー」

彼の温かくやわらかな声は、わたしのためじゃない。キャリーは自分に言い聞かせた。リュクに手を彼の腕にかけさせられると、彼女は待っている廷臣たちの方に向き直った。

それから十分後。キャリーは自分が何も感じなくなっていく気がした。なぜなら、誰かが二人に――

というより、リュクに――深々と、あるいは膝を折ってお辞儀をしても、神経質な笑いがこみあげてこなくなったからだ。

キャリーが紹介されているのは、リュクの父あるいは祖父の友人だった保守派の人々だ。彼らは堅苦しく古風な紳士で、いくつもの勲章を誇らしげにつけている。彼らの妻はキャリーに寄宿学校時代の怖い校長を思い出させた。

なかにはひとり二人、少し若めの顔も見えたが、年長者グループは超然として彼らとは交わろうとしなかった。

「それからもちろん、ぼくの名づけ親である伯爵夫人は紹介する必要がないだろう、キャリー」リュクが言うのが聞こえた。

「ええ、もちろん」キャリーは陰鬱《いんうつ》な表情でうなずいた。

キャリーの存在を完全に無視し、伯爵夫人はリュクに向かって口を開いた。「リュク、わたくしは絶対に――」

伯爵夫人が言葉を継ぐより先に、キャリーはリュクにもたれかかるようにして、甘ったるい声で言った。「ダーリン、あなたがつぎつぎみなさんに紹介してくださるから、すてきな贈り物のお礼を言いそびれてしまったわ」

伯爵夫人がかんかんに怒っているのと、リュクが警戒するような目でこちらを見ているのを意識しながら、キャリーはさらに彼にすり寄った。

「あなたって本当に気前がいいのね」ハスキーな声で先を続ける。「このすてきなドレスを始め、きれいな服をいっぱい贈ってくれて」リュクの腕をつかんだキャリーは、その腕がこわばるのを感じた。彼女はもういっぽうの手で少しざらついているリュクの顎をつまみ、見せかけだけ愛情のこもったキスをした。

廷臣たちのいささかショックを受けた顔がキャリーの目の片隅に映ったが、それもリュクのショックと比べたらなんでもなかった。彼は全身を凍りつかせている。ふだんの彼女なら、こんなまねは絶対にしない。伯爵夫人は憤慨し、コルセットできつく締め上げた上半身を大きくふくらませている。キャリーはそれを見て、やったかいがあったと思った。

「お礼はちゃんとさせてもらうわね……あとで」キャリーはわざと息を切らしながら言った。

十分後、キャリーと二人きりになったところでリュクが詰問するように尋ねた。「いったいさっきのことはどういうつもりだ？」

「さっきのことって？」キャリーはわからないふりをしてきき返した。リュクの唇が固く引き結ばれるのを見て、彼女はとても気分がよかった。

「ふざけるのはやめろ。なんの話か本当はよくわかっているくせに」

キャリーは小さく肩をすくめた。

「わたしは服のお礼が言いたかっただけ……」わざとらしく恥ずかしそうに言葉を継ごうとする。

「リュク、こんなときに申し訳ないが、きょうのデモについて話が……」

それは比較的若い廷臣のひとりで、すまなそうな顔で二人の話に割って入ってきた。

「昼間の一団が次の宮廷公開日に質疑を行うつもりだと小耳にはさんだ。人権侵害をしている外国人にわれわれがサンタンデール公国内における資産保有を許しているか否かを問うつもりらしい。これは国際的に大いに注目を集める問題だ」

この国には大公が三カ月ごとに国民と対話の機会を持つ習わしがあることをキャリーは知っていた。その際、国民は誰でもなんでもききたいことをきける。

「この件に関しては二種類の外国人がいるんだ、カルロ」リュクは説明した。「まず、自国で高い税金を払わせられるのがいやだという単純な理由から、わが国に移り住んでくる新しいタイプの外国人居住者たち。それからここに居を構えてはいないが、祖父の時代にわが国が開設を積極的に勧めた秘密口座に資産をあずけている外国人。最近、そうした秘密口座は時代遅れであるとして、違法化するよう求める動きがあるのはきみも知ってのとおりだ。この件に関しては国際法をめぐって激しい議論が戦わされることになるのは間違いない」

「リュク、そうした口座の所有者に口座を閉めさせる方法を見つけなければならない」

「きみはそう言うが、この国には正反対の意見もある。われわれは法的にそのようなことはできないし、してはならないという意見だ。そうした口座の存在により得られる利益は、わが国の歳入の大きな割合を占めているから」

リュク自身はどちらの意見を支持するか明言しなかった。キャリーは秘密口座を違法化するべきだと考えていた。しかし、彼女の考え方はリュクにはやや感情に走っていると見られるに違いない。

それでも三十分後、ジェイのヨットに向かうためリムジンに乗りこみ、リュクと二人きりになると、キャリーは言わずにいられなかった。「あなたはカルロの意見に賛成じゃないのね」

「いっぽうきみは当然、賛成なんだろう?」リュクはなめらかにきき返した。

「ええ、実を言うとそのとおりよ」キャリーは熱い口調で答えた。「不正を行って利益を得ている人たちは絶対に許されるべきじゃないと思うわ」

リュクは返事をしないかに見えたが、ややあって冷ややかな声で言った。

「きみは一度でも考えたことがあるのか? そうした人々に秘密口座を持たせることでこの国が得た金

が、きみのお父さんの給料になり、間接的にはきみの教育費になったのだという事実を?」

キャリーはリュクの方を向いた。

「何も言うことはないのか?」

キャリーは頭をめぐらして窓の外を見つめた。リュクの言葉は彼女に衝撃を与えたが、真実に異議を唱えることはできない。

「昔は事情が異なった」リュクがもう一度口を開いた。「祖父が大公になったとき、この国はとても貧しかったし、祖父はそれをなんとか改善したいと考えた。そしてほかの小国に目を向け、彼らが税法を利用して国を豊かにしていることを知ったんだ。祖父にとって問題はいまほど複雑ではなかった。国民が教育もろくに受けられず、生活が楽になる見こみもない状態に大公として責任があった。だから国民を助けるためにできることをやったまでだ」

リュクの声が厳しくなった。

「祖父にとっては国民が——サンタンデールの民が第一だった。そういう考え方は非常に偏狭と言えるだろう。いまならもっとグローバルな考え方をするのがふつうだろう。だが、ぼくは祖父がしたことを非難するつもりはない。いま国民が高い水準の生活を維持できているのは祖父のおかげだ。一流の教育、すばらしい医療設備……」

「教育と医療制度を改善したのはあなたでしょう」

キャリーは指摘せずにいられなかった。

「ああ。しかしぼくにそれだけの財政的余裕があったのは祖父のおかげだ。祖父がこの国のためにしたことを軽んじるようなまねを許すつもりはない」

リュクの声が怖いほどの厳しさを帯びたので、キャリーの背筋に小さく震えが走った。昔から彼は自分の国に対する責任について熱く語ったが、十代のころのキャリーは彼の情熱をロマンティックだと思っただけだった。いまは彼の冷徹さ、意志の固さ、鋼のような自己抑制を感じ取ることができた。

リュクにとってはつねにサンタンデール公国が第一で、自分の欲求や欲望は二の次なのだ。彼を支配するのは愛情ではなく義務と責任。そう考え、彼女はリュクに少し同情した。彼に同情できるようになるなんて、わたしも大人になったものだ。キャリーは陰鬱な気持ちで思った。

彼女の同情は長くは続かなかった。リュクが急に詰問口調で尋ねたからだ。「それはそうとキャリー、さっきの〝感謝〟を示すためのいささか吐き気を催すような芝居はなんのためだったんだ？　ぼくが覚えているきみは、絶対にあんなことをする娘じゃなかったはずだ。とはいえ、当然ながらもうあのときの若い娘は存在しないんだったな。ひょっとすると最初から存在しなかったのかもしれない」

キャリーは彼をにらんだ。

よくもわたしを非難できるものだ。わたしが変わったというなら、それは誰の責任？　残酷な仕打ちをしてわたしを深く傷つけたのはあなたじゃないの。

「もちろん、きみがふだんベッドをともにしているような相手はああいうことをされて喜ぶのかもしれないが……」

わたしがふだんベッドをともにしている相手ですって？　キャリーはその件についてリュクの間違いを正してやりたくなった。しかし本能の声が彼女にやめておけと命じた。

「ひとつだけ教えてあげるわ」キャリーは向こう見ずに言った。「ふだんなら、わたしは自分でワードローブを選ぶセンスも経済力もないみたいな扱いを受けたら黙っていない。あなたが言うところの〝わたしがふだんベッドをともにしているような男性〟なら、あんな余計で侮辱的なことをしようとは夢にも思わないはずよ。もし自由にできるなら、わたしはあのワードローブをまるごと、あなたに突き返してやるわ。でもわたしは弟のことを考えなければならない。あなたが何度も念を押したように」

「それじゃ、あとで二人きりになったら礼をするという約束は――」

「あなたはまったく安全よ、リュク」キャリーは鋭い口調でさえぎった。「あなたはわたしのキスを不快だと思っているようだけれど、わたしもあなたには性的にまったく魅力を感じていないから」

5

サンタンデールの港にはいかにも高価なヨットが何隻も浮かんでいたが、キャリーたちの車が横づけされたヨットは、ほかのヨットとは比べものにならないほど大きかった。

キャリーは足元がおぼつかなく感じて、タラップを上るのを少しためらった。すると肘にリュクの手が置かれたので、彼女は乱暴に腕を引いた。

「やめないか」すぐにリュクが警告した。「ここは公の場だ。ぼくたちはつねに人に見られているんだぞ」

「リュク、二日前まであなたはマリアと結婚するものと思われていたのよ。あなたとわたしが情熱的な恋に落ちたなんて誰も信じやしないわ。あなたはサンタンデール公国の大公殿下。欲望からではなく、必要性から結婚するって、みんなわかってるわ」

「ときには必要性と欲望の両方が満たされる場合もある。きみはぼくの妻になるんだ、キャリー。ぼくはきみにそれらしく振る舞ってもらうつもりだ」

「あら、あなたがどういうつもりかなんて、わたしにはどうでもいいことよ」

リュクの指が腕に食いこんだので、キャリーははっとあえぎ声をもらした。彼が顔を近づけると、キャリーはなんと言ったらいいかわからない危険な葛《かっ》藤《とう》を感じて下腹部がきゅっと緊張した。リュクの目が怒りにきらめいている。しかし彼が何か言うより先に、ジェイがタラップの上に現れて二人に明るく声をかけた。

「やあ、待っていたんだよ！　ようこそわが船へ」

ジェイはキャリーの腕を取り、頬にキスをした。キャリーはジェイを見て、彼とリュクは外見が驚くほどよく似ている、とあらためて思った。

「さあメイン・サロンに行って、きみをみんなに紹介しよう。みんなきみに会いたくてうずうずしているんだよ、キャリー。特に女性がね。全員きみたちの婚約のニュースと、リュクが少年を救ったエピソードを聞き及んでいる。勇敢だったな、リュク。きょうのことで、国内の煽《せん》動《どう》家もかなりおとなしくなるんじゃないか」

三人は優美で広いサロンへと歩いていった。近づくにつれ、人々が談笑する声が聞こえてくる。キャリーは緊張から体が小さくわななくのを感じていらだった。いったい何を緊張することがあるというの？

キャリーとリュクがサロンの両開きの扉を抜けると、部屋の中はしんと静まり返り、そこにいる人々の目はひとつ残らず二人にそそがれた。

「みなさま、本日の主賓をご紹介いたしましょう。わたしの従兄《いとこ》のリュク、サンタンデール大公殿下と、その花嫁となる美しいミス・キャリー・ブロードベントです」

喝采《かっさい》がおさまるのを待つあいだに、ジェイはウェイターのひとりを手招きし、キャリーにシャンパンのグラスを手渡した。ウェイターはリュクにもグラスを差し出した。

キャリーはシャンパンをひと口飲んだ。舌の上で泡がはじける。シャンパンはすっきりした辛口だ。途方もなく高価なものに違いない。サロンの内装は大邸宅と見まがうほどすばらしく、彼女は目をしばたたかずにいられなかった。

リュクがジェイを億万長者と言うのも当然だ、とキャリーは納得した。

若い女性がリュクにほほ笑みかけてきた。

「リュク、ダーリン。わたしに膝を折って挨拶《あいさつ》をしろなんて言わないわよね！　だって、あなたとわたしはそんなことをするには親密すぎるもの。そうでしょう？」

笑みを浮かべるその女性をキャリーは無意識のうちに見つめ、彼女がハリウッドの若手人気女優であることに気づいた。

キャリーも細身だが、薄手のシルクドレスをまとったその女優の体は折れそうに細い。

でも胸だけは不自然に豊かだ。きっと豊胸手術を受けたのだろう、とキャリーは思った。唇はふっくらしてセクシーだ。濡《ぬ》れたように光っているピンク・スカーレットの唇から、キャリーは目が離せなくなった。女のわたしでさえこうですもの、男性はどうなってしまうのかしら？

ハリウッド女優は美しくマニキュアを施した手をリュクの腕に置き、キャリーには背を向けるようにして立っている。

もしわたしが本当にリュクの婚約者だったら、いまごろちょっと不安に、そしてものすごく腹立たしく感じているところだろう。キャリーはそう思わずにいられなかった。

「リュク、あなたって本当にひどい人ね」若手女優はからかうように言った。「わたしをモンテカルロのカジノに連れていってくれるって約束したのに。それにまだわたしの新しい別荘も見に来てくれていないじゃないの。あなた、絶対に気に入るわよ、リュク。インテリア・デザイナーにあなたのアイデアをすべて入れさせたんだから。外からは見えないテラスにジャグジーを置くアイデアとかね。ああ、あれをあなたに見せるのが待ち遠しいわ！」

女優はハスキーな声で笑いながら爪先立ち、リュクの顎にキスをした。

「あら、ごめんなさい。口紅がついちゃったわ」ささやくように言って、口紅をぬぐうために手を伸ばし、さりげなく指先でリュクの唇に触れた。

リュクは女優の手首をつかんで、一歩後ろに下がった。

「キャリー、ミズ・ジーナ・パローを紹介しよう」

ジーナの目に敵意がひらめいたのをキャリーは見逃さなかった。

「ああリュク、わたしは心から同情してるのよ」ジーナは甘ったるい声になった。「みんな、あなたみたいに政略結婚を強いられるのは絶対にごめんだって言ってるわ」

大げさに口をとがらせてから、さげすむような視線をわざとらしくキャリーの方に投げる。

「あなたはこの国の支配者だから、なんでも思いどおりできるのかと思っていたわ。なにしろ、あなたが自分の思いどおりにするのがどんなに好きか、わたしは知っているから。あなたは自分がしたいと思ったときになんでも……」

ジーナはわたしへのいやがらせにわざとこんな挑発的なことを言っているんだわ。キャリーは自分を辱められるがままにしているリュクに対して、急に激しい怒りを感じた。

相変わらずキャリーを無視しつづけ、ジーナはリュクにハスキーな声で尋ねた。「わたしがきょうつけている新しい香水はどう？　これ、わたしのために特別に調合された香りなのよ」

麝香《じゃこう》のにおいの強いその香水を、キャリーは強烈すぎると感じていた。とっさに彼女は鼻にしわを寄せ、ジーナとの間に距離を置きたいと思った。しかしリュクはジーナがもっとそばに寄ってもまったく文句はなさそうだった。

キャリーの手はまだ堅苦しくリュクの腕にかけられたままだ。彼女はいらだたしげに手を抜こうとした。

「失礼させていただくわ」キャリーは見るからにつくり笑いとわかる笑顔を二人に向けた。「ちょっと新鮮な空気を吸いたくなったので」

キャリーはリュクの手から逃れ、出口に向かって落ち着いた足どりで歩いていった。両開きの扉を抜けて初めて、彼女は怒りに体を震わせた。

リュクったら、よくもわたしの目の前で愛人といちゃついたりできるわね。わたしたちの結婚に愛はないにしても、公衆の面前であんな屈辱的な目に遭わされたら我慢できない。パーティの招待客の中でほかに何人がリュクとあの女優は愛人関係にあると察しただろう？

これまでリュクに恋人や愛人が何人いたとしてもかまわない。でもわたしにはプライドがある。

気がつくと、キャリーは歯を食いしばっていた。

「キャリー？」

やや警戒しながら彼女が振り返ると、ジェイがこちらに歩いてくるところだった。

「ちょっと新鮮な空気を吸いにデッキに出ようかと思って」キャリーは説明した。

「それはいい思いつきだ。ぼくも一緒に行こう」

ジェイの口調はとても温かかったので、キャリーは断ることができなかった。

「リュクはジーナにつかまってるようだね。彼女はプレイガールだから……」

「あら、リュクは迷惑そうじゃなかったわよ」キャリーは軽い口調で応じた。

デッキに着くと、ジェイが考えこむような顔でキャリーの方をちらりと見た。

「いまのは痛いな。とげのあるばらというわけか！きみはリュクにぴったりの女性だ」驚いた表情を浮かべたキャリーに、彼はにやりと笑ってつけ加えた。「リュクはすばらしい男性だし、ぼくは彼を心から尊敬している。ただリュクの生き方はときどき理想に走りすぎる。彼にはもっと現実的な考え方を教える人間が必要だ。誤解しないでくれ、ぼくはマリアをすばらしいと思ってる。彼女は本当にかわいい。でも、リュクにはかわいすぎる。彼に必要なのは少女じゃなくて大人の女性だ。リュクと対等に渡り合い、彼を理解し、支えられる女性だ」

ジェイはまじめな口調で続けた。

「リュクはいま本当に難しい状況に置かれている。そこから無事に抜け出すには大変な精神力と勇気が必要だ。ぼくはリュクがサンタンデールの分裂を避けるために退位を決断するんじゃないかと心配なんだよ。そんなことをしても国のためにならないのは誰の目にも明らかなのに。彼はとても有能な慈愛に満ちた指導者だし、ぼくの意見を言わせてもらえば、この国はリュクなしではどうしようもない混乱に陥るだろう。いま彼がすべきは急進派と保守派の両方の目をよそに向けることだ。そしてもちろん、そこではきみがひと役買うことになる」ジェイは愛敬《あいきょう》たっぷりの笑顔をキャリーに向けた。「ロイヤル・ウエディングにロイヤル・ベビーの誕生と続けば、まさに国民全員がそちらに夢中になるのは間違いなしだ！」彼は明るく笑った。

急に強い風が吹いてきて、キャリーのショールが飛ばされそうになった。即座にジェイがそれをつかみ、彼女の体にしっかりと巻いてくれた。

お礼を言おうとジェイを振り返ったところで、キャリーは凍りついた。数メートル離れた場所にリュクが立ち、二人を見つめていたからだ。

ジェイも後ろを振り返り、リュクに気づいて陽気に言った。「ぼくはサロンに戻ったほうがよさそうだな」

二人きりになるやいなや、リュクは唇を固く引き結んだ。「きみは全然変わっていないようだ。きみとぼくはもうすぐ結婚するんだぞ、キャリー、もしきみが――」

キャリーは苦々しげな笑い声で彼の言葉をさえぎった。

「ふざけないで」激しい口調で言う。「自分はわたしの前で愛人といちゃついていたくせに。あの人ときたら、あなたと親密だということをわたしに言いたくてうずうずしていたわ」

「ジーナはそういう女なんだ。悪気があるわけじゃない」

「あるに決まっているでしょう」

「気をつけたほうがいいぞ、キャリー」リュクは意地悪く指摘した。「きみの口ぶりはまるで嫉妬《しっと》しているみたいだ。ジーナがぼくに触れるのを見て、ぼくが彼女に触れ、キスするところを想像して……」

「まさか！　冗談でしょう！」

キャリーは大きく息を吸いこみ、動揺と怒りをなんとか抑えこもうとした。そのときデッキの薄明かりの中で、リュクの視線が下がったのがわかった。

彼が考えこむように見つめているのは、キャリーの胸と、ドレスのやわらかな生地をはっきりと押し上げている胸の頂だ。

怒りは体を性的にかきたてるのだということを、キャリーは初めて知った。しかもいとも簡単に。全身が急に熱くなり、彼女はショックを受けながら、自分がたったいま感じている欲望を必死に否定しようとした。

「わたしはすでにあなたとベッドをともにしたことがあるのよ」彼女は激しい口調で言った。「あのときの経験から、あなたが誰と何をしようとわたしは絶対に嫉妬しないと断言できるわ。それどころか、あなたがいまわたしに触れたり、キスしたりしたら、わたしはたぶん吐き気を催すと思うわ」

「そうかな？　試してみようじゃないか」男としてのプライドを傷つけられたリュクの声は、低く荒々しかった。

キャリーは背を向けて逃げようとしたが、遅かった。リュクは何事においても負けるのが大嫌いなのだということを、覚えているべきだったのに。

キャリーは手すりを背に追いつめられた。彼女の両わきにはリュクの手が置かれている。

二人の胸と胸がぴたりと密着し、キャリーはゆっくりとした重いリュクの鼓動と、激しく早鐘を打つ自分の鼓動の両方を感じることができた。

リュクの顔が近づいてきた。男性にしては信じられないほど長く濃いまつげの動きも見える。彼はけだるそうにまぶたを開き、無言でキャリーを見つめた。

「ぼくと初めてキスをしたときのことを覚えているかい？」

思いがけない問いかけにキャリーは不意をつかれ、返事をすることができなかった。ぞくりと体に震えが走る。

「きみはあのときまだ十八歳だった」リュクは先を続けた。「何週間もの間、ぼくの唇をものすごくせつなげな目で見つめていた。口では何も言わなくても、きみがぼくと唇を重ねてみたいと思っているのはひしひしと伝わってきた。どこへ行っても、どこを見ても、ぼくを見ているきみがいた。切望を目に宿してぼくに懇願するきみが……」

キャリーは怒りから指が痛くなるほど手を固く握りしめた。この人は八年前の話を持ち出して、わたしからプライドをはぎ取ろうとしている。

喉の奥が燃えるように熱く痛くなる。キャリーは叫び出したくなったが、そんなことはするまいと必死に自分を抑えた。

キャリーは意志の力で顎を突き出し、肩をすくめてみせた。「つまり、わたしはあなたに恋をしていたとでも言いたいの?」

「恋だって? きみはぼくにベッドへ連れっていってくれと懇願し――」

我慢もここまでだ。

「リュク、わたしは十八歳だったのよ」キャリーは強引に彼をさえぎった。「女というよりまだ子供だったわ。あなたを理想の男性だと思っていた。太陽と月と星のすべてがひとつになったような人だと思っていたのよ。実際、あなたと目が合うたびエクスタシーを感じていたくらいなんだから」わざと軽薄に言う。

冷たく侮蔑《ぶべつ》的な言葉でやり返してくれればとのキャリーの期待に反して、リュクは長い間彼女の顔をじっと見つめていた。実のところ、キャリーが耐えられないと感じるほど長い間。

「やっぱりそうか!」リュクはやわらかな声になった。「ぼくがきみを見ると、きみの体が小さく震えはじめるのはわかっていたんだ。きみの感じていることが最初に表れるのは目だった。暗くけぶって、焦点が合わなくなる。つぎに首のあたりが緊張して、きみは喉をごくりとさせる。それから胸の先端が固くなり、そんな自分の体の反応が恥ずかしくなって顔を赤らめる……」

もう我慢の限界だった。リュクの思うつぼだとわかっていても、キャリーは彼を押しのけようとせずにいられなかった。

リュクは勝ち誇ったような表情を目に浮かべながら、キャリーを抱きすくめた。

愛情は欲望をもっと美しいものに、人生を豊かにしてくれるものに昇華させるかもしれない。でも怒りには正反対の作用がある。リュクに唇を奪われながら、キャリーは悟った。怒りは欲望を暗くいまわしいものへと変えてしまう……。

体が自制心を圧倒するのを感じて、キャリーの喉の奥からうめき声がこみあげてきた。獰猛《どうもう》なほどの切望の渦がまるで溶岩のように彼女の体を満たし、震わせる。

もはやキャリーは自分自身の知っている穏やかで落ち着いた理性的な女性ではなかった。いまのキャリーは、リュクの唇が押しつけられる快感を楽しみたい、体に彼の手を感じたい、体の曲線に沿って手を這《は》わせ、差し迫った手つきで胸をまさぐってほしい、ということしか考えられなくなっていた。

二人の間にはもはやなんの技巧も存在しなかった。繊細でためらうような触れ合いはまったくなく、ただ長いこと蓄積していた欲望が熱くはじけようとしていた。

キャリーが切望にすすり泣くと、リュクが彼女の脚の間に脚を差し入れて覆いかぶさった。彼の高まりがキャリーの体に激しく脈打つのが感じられる。

それに応《こた》えて、キャリーの体の芯《しん》がとろけるように熱くなったとき、リュクの手がドレスの身ごろを押しやり、何もつけていない胸の上に広げられた。

キャリーは身震いした。早くも想像してしまったのだ。胸のつぼみに彼の舌が触れ、次に口で優しく、荒々しく吸われるときの快感を……。

サロンの扉が開き、笑い声と音楽が一気に大きくなった。キャリーはナイフで突き刺されたような苦悩とともに現実に引き戻された。

いつの間にかリュクは唇を離し、彼女を放そうとしている。

「リュク！　どこに行ったのかと捜していたよ！」招待客のひとりがデッキの向こうから叫ぶのが聞こえた。

キャリーは震える手でドレスの前を整えた。リュクの顔を見られず、彼に背を向けて夜の海を見つめる。

全身が冷たく重く感じられた。たったいまの自分の反応を思うと吐き気がこみあげてくる。できることならいますぐ国境まで行って、このサンタンデール公国から逃げ出したい。けれどキャリーはハリーのことを考えなければならなかった。わたしが言われたとおりにしなかったら、リュクはためらうことなくハリーを破滅させるだろう。それだけは間違いない。

ようやくパーティが終了すると、キャリーはほっとした。ずっとつくり笑いを浮かべていたせいで頬が痛い。

メイン・サロンに戻ってからというもの、リュクは片時もキャリーを自分の傍らから離さなかった。「こんなことをしても無駄だと思うけれど」キャリーはパーティの途中で指摘した。「まるで二人の体が腰でくっついているみたいにわたしをあなたに縛りつけても、ここにいる人はみんなジーナがあなたの愛人だと知っているわ」

「ぼくとジーナとの関係は――」リュクは言いさし、

顔をしかめた。

「わたしには関係ないのね？」キャリーが先を引き取った。「ええ、喜んで申し上げるけれど、関係ないわ。わたしはあなたなんてなんとも思っていないから」

言い放つことができて、キャリーは勝ち誇った気分になり、自信を取り戻した。

少したって、二人はリムジンの中にいた。キャリーはできる限りリュクから離れて腰を下ろし、無言で窓の外を見つめていた。

城へと続くジグザグ道を上りはじめると、眼下に灯火のまたたく港が見えた。

「ジーナの別荘に行きたいなら、わたしなど気にせず運転手にそう命じてちょうだい」キャリーはリュクを振り返り、あざけるように言った。「それとも、あなたは誰にも気づかれないようこっそり城を抜け出すほうがいいのかしら」

「さっきも言っただろう、ぼくとジーナの関係は――」

「わたしには関係ないんだったわね」冷ややかにキャリーはリュクをさえぎった。

もともと要塞《ようさい》として建てられた城の高楼の下をリムジンは走り抜け、衛兵二人が敬礼した。

リムジンがゆっくりと止まったのは城のいかめしく巨大な正面玄関ではなく、リュクの私的な居住部分へと通じる人目につきにくい両開き扉の入口の前だった。

リュクが黙りこくったままキャリーを連れて戸口に近づくと、白い手袋をはめた従僕二人によってまるで魔法のように扉がさっと開かれた。

待っていた家令がお辞儀をしながらキャリーたちを迎え入れる。従僕も家令も制服を着ているわけではないが、すべてがきわめて堅苦しい雰囲気を醸し出している。

サンタンデール公国統治者の居住部分はヨーロッパでバロック・ロココ様式が大流行していたときにしつらえられた。

ときどきフレスコ画も金箔《きんぱく》も施されていない天井を見たくなるよ。リュクは一度キャリーにそうもらしたことがあった。ただ真っ白な天井を見上げることができたら、と。

そのときキャリーはひどく衝撃を受けた。歴史が深く、美しい居住空間について、リュクがそんなことを言うなんて、と。でもいまは、すべてを削《そ》ぎ落とした現代的インテリアをリュクが求めるのも当然かもしれないと理解できた。ごちそうが続いたあとにあっさりパンとチーズだけの食事がしたくなるみたいに。

もしリュクのような男性と本当に相思相愛の関係にあったら、キャリーは長い廊下や階段の途中で物陰へそっと連れこまれるところをせつなく夢想したかもしれない。そして寝室に着くのが待ちきれないとでもいうように情熱的にキスを交わすところを。しかし言うまでもなく、いまの彼女はそんなことはまったく求めていなかった。

「それじゃ、ぼくはここで失礼する」階段が二方向に別れているあたりまで来ると、リュクがそっけない口調で言った。

まだ婚約者にすぎないキャリーは、リュクの居室とは反対側にあるスイートを使用している。

まるで彼女の頭の中をのぞき、心を読んだかのように、リュクはぶっきらぼうに続けた。「挙式したら、そのあとは二人でマスター・スイートを使う運びになる。もともとぼくの祖父母のスイートで、そのあとは両親が使っていた部屋だ」

二人で？　キャリーの体がこわばり、心臓が飛び跳ねた。

ふたたび彼女の心を読んだかのように、リュクが言葉を継いだ。「もちろん、寝室は別々だ」小さく肩をすくめる。「サンタンデール公国はさまざまな点で時代遅れな国だから、ぼくたちが別々の寝室を使ってもおかしいと思われることはない。いったんぼくたちが二人きりになったら、二つの寝室の間の扉は閉ざされたままになる。それを知っているのは当然、きみとぼくだけだ」

リュクは背を向けて歩き去った。キャリーは遠ざかっていく彼の後ろ姿を見送りながら、複雑な思いと闘った。

結婚後も寝室は別と聞かされ、本当なら安堵《あんど》を感じていいはずだった。けれど正直に告白すれば、拒絶されたという胸の痛みがあまりに強く、そのほかの感情がすべてどこかに追いやられてしまったようだった。

体は疲れていたにもかかわらず、どうにも寝つけそうにない。そこでキャリーはロングドレスを脱いでくつろいだ服に着替えたが、頭はこれまでの出来事をめまぐるしく振り返っていた。望みもしない危険な状況にとらわれの身とならずにすむ方法はないだろうか。

キャリーが置かれているのは本当に危険な状況だ。あらゆる本能と知性が、彼女にはリュクを嫌い憎む権利があると叫んでいる。にもかかわらず、体だけはそうした声に従おうとしない。ありのままに言うなら、キャリーの体はいまもリュクを男性として意識している。性的に、彼女はリュクに応えずにいられないのだ。

弟を守り助けるために数カ月の間偽りの結婚を続けるだけなら、歯を食いしばってやりとおすことができるはずだった。しかし事情は変わった。心とは裏腹に体がこんなにもリュクを求めていては、いつまで耐えられるかわからない。

激しい動揺をおぼえ、キャリーはリュクと話し合わなければならないと決心した。気が変わった、と彼に言わなければ！　必要なら、ハリーを傷つけるようなことは何ひとつしないでほしいと懇願してもいい。

時刻は深夜に近かったが、リュクは深夜や早朝に書類の整理をすることをキャリーは知っていた。

一刻の猶予もならないという気持ちの高まるまま、キャリーはスイートのドアを開けて足早に廊下を歩き出した。

リュクの寝室の前に着いたキャリーは、ほんの一瞬ためらってから深く息を吸いこみ、ドアをノックした。

6

部屋の中から返事がないので、キャリーはいぶかしげな表情を浮かべた。もしかしたら……。そう思ったとき突然ドアが開いたので、彼女はたじろいだ。リュクがこちらをにらむように見下ろしている。彼の髪は濡《ぬ》れたままだ。どうやらシャワーを浴びている最中だったようだ。水滴が喉元から胸へ、白いタオル地のバスローブの大きく開いた襟のあたりへと流れていく。

「キャリー！」

たったいま彼の姿を見て感じたことを隠すため、キャリーは鋭い口調で言い返した。「あら、誰だと思ったの？　ジーナ？」

彼女はいらだたしげに小さなあえぎ声をもらした。筋肉質のリュクの腕が伸びて手首をつかまれたかと思うと、部屋に引きずりこまれたからだ。

「あなたに言いたいことがあって来たのよ」リュクがドアを閉めたので、キャリーは彼の寝室で彼と二人きりになった。

リュクは石鹸《せっけん》のにおいと清潔で男性的な香りがする。気がつくと、恥ずかしいことにキャリーは目を閉じていた。彼の周囲に漂う熱い空気をじっくり味わおうとして。

「こんな時間になんだ？」あざ笑うような強い口調で、リュクがきいた。「朝まで待てないのか？」

「ええ、待てないわ」キャリーは言い返した。リュクの態度が彼女の怒りをかきたててくれたのに、内心感謝しながら。

明らかに敵意に満ちた沈黙が流れ、リュクはキャリーの顔をじっと見た。

「どうしてわたしに結婚を無理強いするの、リュク？　あなたには格好の花嫁候補がいるというのに。あなたに触れたくてうずうずしている愛人――ジーナが！」

キャリーは自分の声の激しさに気づき、体の内側が震え出すのを感じた。

リュクは険しい表情で眉を寄せた。キャリーは自分が言いすぎたとわかったが、それを認めまいとした。

「ジーナはあなたが欲しいのよ。でもわたしは欲しくない。それに――」

「キャリー、きみは言い合いがしたくて仕方がない気分のようだが、いまぼくはあまり機嫌がよくないんだ。そんなふうにぼくに突っかかると、きみが思いもしない結果を引き起こすかもしれないぞ」

「わたしを言い負かすために卑劣な手を使うつもりなら――」

「違う」リュクは彼女をさえぎった。「きみには特別な何かがある。怒りのあまり、激情のあまり、ぼくが正気を失って……。くそっ、忘れてくれ」突き放すように言い、彼はキャリーの手首を離して、後ろに下がった。

「忘れてくれですって？」キャリーは手首をさすりながら、リュクをにらみ返した。「いかにもあなたらしいわね。人を侮辱しておいて、忘れてくれだなんて。人間はね、あなたみたいに都合よく忘れっぽくないのよ、リュク」

「それはどういう意味だ？」リュクが語気も荒くきいた。

キャリーが答えずにいると、彼の口元がこわばった。

「まったく、ここへ来る前にそのいまいましい香水を洗い流してきてくれればよかったのに」

キャリーはまじまじとリュクを見返した。

「わたしの香水は変じゃないわ」即座に自分を弁護する。「これはわたしが昔から使っているものよ」

「ああ、知っている」リュクは歯を食いしばるようにして言った。

「それにご参考までに申し上げておくと」キャリーは言葉を継いだ。「この香水はものすごく大勢の人からわたしにぴったりだって褒めていただいているのよ」

「ああ、そうだろうな。〝ものすごく大勢の人〟がほかの男という意味なら！　くそっ、キャリー、きみはぼくをいらだたせる方法を本当によく心得ているようだ」

「あら、いらだたされていると感じているのは、あなただけじゃないわ」キャリーはすぐに言い返した。

「本当か？」

リュクの目つきには、キャリーをはっとさせる何かがあった。

「というのも、たったいまぼくは、きみが刺激した欲求を静めることしか考えられなくなっているからだ。それを静められる唯一の方法で！」

彼の謎《なぞ》めいた不吉な言葉の意味を理解しようとキャリーが努めているあいだに、リュクは手を伸ばしてきた。

「リュク！」キャリーはあらがおうとして叫んだ。突然、怒りに満ちた性的な空気がリュクを包みこんでいることに、彼女は気づいた。彼の欲望のエネルギーはキャリーをものみこもうとし、彼女の体はリュクが発する熱くセクシーなメッセージに反応しはじめた。

リュクが手を伸ばすのが見えたとき、キャリーは衝動的で破滅的な自らの欲望に抵抗するつもりでいた。ところが彼の腕に抱きしめられたとたん、二人の体が溶け合うように感じられた。痛いほど鋭い切望に震えながら、彼女の手はリュクの素肌を求めてバスローブの胸元を押し広げようとした。

「ああ、きみは少しも変わっていない」リュクがくぐもった声でつぶやいた。「きみは男に対して特別な力を持っている。これまでに何人もの男を相手にしてきたんだろう、キャリー？」

彼の声には怒りがにじんでいたが、キャリーは自らの欲望ゆえに恐れを感じなかった。手がリュクの素肌に触れ、全身に震えが走る。

「リュク！」あえぐように彼の名前を呼びながら、キャリーは肩先に唇を押しつけ、男性的な肌の感触、味わいに恍惚《こうこつ》とした。彼女が喉元から顎へとキスしていくにつれ、彼の鍛えられた体の筋肉が収縮するのが感じられる。キャリーはうれしくなった。彼女はひげで少しざらついたリュクのセクシーな顎に唇をすべらせた。指先を彼の唇に走らせ、彼の目を見つめながらそっと押してみる。

唇を官能的にゆっくり愛撫《あいぶ》しつづけると、リュクはついに口を開き、キャリーの手首をつかんで動けないようにしてから、彼女の指先をゆっくり吸いはじめた。

たったこれだけのことなのに、どうしてこんなにも強い反応を引き起こすのだろう？　キャリーは自分の体の芯《しん》がこのうえない切迫感をおぼえてきゅっと縮むのを感じた。

リュクは彼女の指を口から放し、下へと誘った。指に彼の高まりが触れ、キャリーは身震いした。手を大きく開いて彼の欲望の証《あかし》に指をからませる。情熱的な快感が脳裏によみがえり、彼女はわくわくした。

まだ十代だったとき、キャリーは自分の手がリュクを包みこめないことに驚き、半ば衝撃をおぼえた。けれどいまは不安やためらいよりも女としての強い喜びに圧倒されている。

自分自身の奔放さに、キャリーはショックを受けた。これまで夢想するのさえ拒否してきたリュクの体に触れることを恥ずかしげもなく楽しんでいる。肉体的に可能な限り彼に近づくため、肌と肌を重ねるため、キャリーは自分の服を引き裂きたいとすら感じた。いいえ、それよりリュクを刺激して、彼に脱がされるほうがいい。心の声がささやく。彼女は唇を開いてリュクの唇を情熱的に迎え、彼の頭を引き寄せた。

二人は抱き合いながら、闘っていた。自分たちの過去を、互いを打ち壊そうと必死になっていた。でもそれを自覚しながらも、キャリーは自分を止められなかった。

リュクがキャリーの服を引っ張り、もどかしげにファスナーを下ろすと、トップを押し広げて彼女の上半身をあらわにした。

キャリーの豊かな胸のふくらみを彼の手が包みこみ、つんととがった先端を親指が小さな円を描いて愛撫する。キャリーは欲望で頭がおかしくなりそうになりながら、さらにきつくリュクに体を押しつけた。

頭から爪先まで、キャリーの全身はどうしようもなく震え出した。腫《は》れ上がった胸の先端を彼の口でゆっくりと強く吸われたい、ショッキングなほどエロティックに歯を立ててほしい、そして……。

リュクが胸から手を離したので、キャリーはうめいた。彼はキャリーの背中に腕をすべらせ、彼女を軽くのけぞらせた。

キャリーのむき出しの胸を見下ろすリュクの瞳は、燃えるように熱い。彼はキャリーを自分の口に向かって抱き上げ、せつなく固くなった頂を唇でゆっくりとなぶりはじめた。

もしも喜びが色で表現できるなら、いまキャリーが感じている快感は七色の虹《にじ》だった。

リュクの唇が彼女の胸のふくらみから谷間へとゆっくり下がりはじめ、舌が責めさいなむような輪を描く。

キャリーは足がふたたび床に着き、それと同時にリュクの両手がウエストに広げられるのを感じた。彼は床にひざまずき、キャリーがはいているベロアのパンツの際までキスを続けた。

キャリーの体が激しく震え、手がリュクの肩をぎゅっとつかむ。彼はつかの間動きを止めてから、キャリーのパンツとショーツを引き下ろした。

キャリーは体がそそるように高まっていることを、彼を切望していることを、隠していられなかった。

キスするごとに、リュクは彼女の官能の中心へと近づいてくる。キャリーの心臓は肋骨《ろっこつ》に激しく打ちつけられた。

もう何も見えない、何も聞こえない。キャリーにわかるのは自分自身の欲望と、長い間自分でも隠しつづけてきた禁じられたエネルギーの強さだけだっだった。

これこそ、わたしがほかの男性とは単なるディナー・デートに出かける程度にしか親しくなれなかった理由。これこそわたしが修道女のような生活を苦もなく続けられた理由。これこそ……リュクだけが……。この男性だけが……。

ふと気づくと、キャリーはすすり泣きながらリュクの名前を繰り返していた。彼女の花芯を舌で繊細にゆっくりと愛撫していたリュクが、急にこらえきれなくなったように唇を押しつけてきて彼女を奪い、所有し、二人の欲望がいかに激しいかをあらわにしたからだった。

あっという間に官能的なわななきがキャリーを襲った。彼女は叫び声をあげてリュクの黒髪に指をくぐらせ、クライマックスのあまりの激しさにすすり泣いた。

リュクの唇が彼女の脚の間から離れた。キャリーは彼に抱き上げられ、巨大なベッドへと運ばれた。そしてベッドの真ん中に横たえられた彼女にリュクが覆いかぶさる。彼はキャリーの中へと入ってきた。

熱く大きな高まりに満たされ、キャリーは過去の快感を、リュクに無垢《むく》な処女を捧《ささ》げたときの甘い痛みを思い出した。

たったいまもキャリーはリュクに、彼の差し迫ったリズムに、自分を捧げていた。彼女の体の奥からふたたび官能的な興奮がわき起こる。

欲望に圧倒されてリュクの息遣いが荒くなったのが、キャリーにはわかった。彼がキャリーの中に身を沈めるたび、二人はより親密に結びつき、彼女の震えが激しくなった。

そして雪崩《なだれ》のようなクライマックスがキャリーの内部ではじけ、次の瞬間リュクが熱く自分を解き放った。

彼の胸はキャリーの体の上で激しく打ち、まだ苦しげしげな息遣いが聞こえる。

キャリーの胸の中にいまの出来事に対する感情がこみあげてきた。涙がこぼれ落ちそうになったとき、リュクが荒々しく尋ねるのが聞こえた。

「きみの何がこうさせるんだ、キャリー？　いったい何が、男に自分で自分を軽蔑《けいべつ》したくなるような振る舞いをさせる？」

リュクは怒りと侮蔑の色を目に宿し、キャリーから体を離してバスルームに姿を消した。

しばらくの間、キャリーは脱力感と悲しみとで身動きできなかった。彼女が何より欲しかったのは、リュクの腕のぬくもりと慰めだったのに……。

ベッドからよろよろと身を起こし、キャリーは服を身に着けた。八年前もわたしは同じものを求めた。あのときもそれを得ることはできなかった。いま得られないのは間違いないわ。わたしはどこまで自分をおとしめたら気がすむの？

キャリーは不安な面持ちで寝室の鏡をのぞきこんだ。わたしの目はやっぱり腫れぼったいかしら？　それともほとんど一睡もしていないことをメイクで隠せたかしら？　メイドのベニータは朝の紅茶を持ってきたとき、何も言わなかったけれど。

力強いノックの音が聞こえたので、キャリーははっと身をこわばらせた。戸口を凝視していると、扉が開き、リュクが入ってきた。

今朝のリュクはいかにも彼らしく、非の打ちどころのないスーツ姿だった。

「よかった。きみに話があるんだ」ぶっきらぼうな口調で、リュクは会話の口火を切った。「キャリー、ゆうべの件だが――」

「それについては話したくないわ」キャリーはすぐにリュクをさえぎり、苦悩と動揺を隠すために部屋の中を歩き出した。「あなたはいったいわたしをなんだと思っているの、リュク?」詰問するように尋ねる。「あなたの愛人?」

キャリーは彼の顔を見ることはおろか、同じ空気を吸うのも耐えられないほどだった。二人の間に落ちた沈黙が、彼女の傷ついた神経を刺激する。

「ゆうべのぼくの振る舞いは、おそらく許されないものだった。それは認める」リュクは冷ややかな声で告白した。「しかし、悪いのはぼくだけじゃなかった。違うか、キャリー?」

「それはどういう意味?」

リュクはわたしが彼に応《こた》えてしまったことをあざ笑うつもりなのだ。キャリーにはわかっていたが、それでも自ら屈辱と苦痛を招くような質問をせずにいられなかった。

「きみがぼくにああさせたんだ、キャリー。きみはぼくをいらだたせ、刺激した。ぼくは男なら当然の反応をしただけだ」

リュクの返事は彼女の予想と異なっていた。

「もしきみがぼくに謝罪を期待しているなら、言っておくが……」リュクは厳しい口調で続けた。

恐怖から解放されたキャリーは、怒りが体にみなぎるのを感じた。

「なんですって? わたしみたいに取るに足りない人間にあなたが謝罪? もちろん、そんなことはするわけないわよね! わかりきったことだわ!」

「ぼくがきみと話したいと思った理由はもうひとつある。今朝いちばんに伯爵夫人がぼくのところへ来た」

「伯爵夫人が? あなたの婚約を祝いに来たのでないことは間違いないわね」キャリーは低い声でそっけなく言った。

リュクは眉をひそめて彼女の顔を見つめた。

「ああ、いいかげんにしてちょうだい。あの人はわたしと同じくらい、あなたとわたしの結婚をいやがっているのよ」

「キャリー――」リュクが歯を食いしばって言いかけたときだった。窓の外で突然、大きな音が鳴り響いた。

「いまの音は？」

港から煙が立ち上っているのが、キャリーの目にもはっきりと見えた。

「きみはここにいたまえ」リュクは彼女に命じた。

7

キャリーは美しい中庭を落ち着かない様子で歩いていた。

リュクが城を出ていってから二時間以上たつ。城内は騒然とし、先ほどの大音響の原因について憶測が飛び交っている。しかし誰にも正確なところはわからないようだった。

何が起こったのだろう？　リュクはどこにいるのだろう？　キャリーは自分で港に行き、事実を確認したくなった。そうだわ、自分で行ってみればいいのよ。彼女は決心し、足早に城の中に戻った。

キャリーが城内の事務室が集まった区画へ向かおうとしたとき、廊下の途中の扉が開いてリュクが出てきた。

彼の額は黒く汚れ、非の打ちどころのないスーツには煤《すす》がついている。

「リュク？」キャリーは彼の正面に立ち、問いただした。「何があったの？　マリーナに停泊していたヨットが爆発したとか聞いたけれど」

「そのとおりだ」リュクはぶっきらぼうに答えた。

キャリーの顔から血の気が引いた。

「まさかジェイのでは？」

たちまちリュクの口元が皮肉っぽくゆがんだ。

「いや、ジェイのヨットじゃない。だがきみがひひどく心配していたと知ったら、ジェイは喜ぶだろうな。ど問題のヨットには運よく誰も乗っていなかった。だからといって、事件が深刻でなくなるわけではないが。爆弾を仕掛けた人間は間違いなく――」

「爆弾？」割って入ったキャリーの声にはショックがにじんでいた。「マリーナのヨットに爆弾が仕掛けられたの？　でもいったい誰がそんなことを？　反政府主義者にしても多数派のしわざとは思えないわ。彼らの行動はこれまでずっと穏健なものだったでしょう？」

キャリーは理解に苦しみ、首を横に振った。そのときジェイが二人の方に向かって廊下を突き進んできた。

「たったいま事件のことを聞いたよ。今朝会議のためチューリッヒに飛ばなければならなくて、ついさっき戻ったところだ。ズラフィのヨットが狙《ねら》われたのはおそらく、最近彼についてかんばしくない記事があちこちに載ったせいだろう。彼は武器取り引きに関与していると疑われていたから。ぼくはきみに警告しに来たんだ、リュク。今回の事件で税金逃れが目的の外国人居住者はものすごくぴりぴりしている。なんらかの手を打たないと、きみとサンタンデール公国は――」

「それはわかっている、ジェイ」リュクは従弟《いとこ》を厳しい声でさえぎった。「しかし、いまできることは非常に限られている。ぼくは犯人を捜し出し、罰しなければならない。それは確かだ。だがそれこそ若い愚か者たちが望むところであるのは言うまでもない。そうなれば、彼らは理想主義に走ったトラブルメーカーの一団として見られる代わりに、一夜にして政治的犠牲者に変身できるからだ」

「それじゃ、きみはどうするつもりなんだ?」

リュクが何も答えずにいると、ジェイはいらだたしげに言った。

「ああ、ふざけるなよ、リュク。こんなことを見逃すわけにはいかないぞ」

リュクの眉がつり上がった。

「わかった、わかったよ」ジェイは即座に引き下がり、謝罪の印に両手を広げた。

「ここではきみがボスだ、リュク。なんでもきみの仰せのままだ!」

「祖父の時代はそうだったかもしれない。しかしいまは……」リュクは顔をしかめ、窓の外に目をやった。心ここにあらずといった面持ちだ。キャリーがそこにいることも忘れてしまっているのではないかと思われる様子だった。

「ぼくは今夜のニューヨーク行きの便を予約してあるんだ」ジェイがリュクに言った。「抜けられない緊急の会議があって。でも、もしぼくに何かできることがあればなんでも言ってくれ」

二人が抱き合うのを、キャリーは見守った。リュクとジェイは本当に驚くほどよく似ている。とりわけ横顔は。たまたま見かけた人なら、彼らを双子と思うかもしれない。

ジェイが去ったあとで、リュクはキャリーに向き直った。

「きみにはあさってミラノに行ってもらう手はずを

整えた」彼の口調はぶっきらぼうだった。「きみはそれなりのウエディングドレスを着なければならない。式に間に合うようドレスを用意できるデザイナーは二人しかいないようだ。きみのために予約を入れておいた。本当はぼくも一緒に行くつもりだったんだが、この状況では難しい」

キャリーはリュクの自分勝手なやり方にかっとなったが、同時に自分たちの挙式が本当に間近に迫っているのだという事実が怖くなった。

「もちろん、行けるわけないわね、リュク。あなたはいわゆる〝活動家〟を脅したり、震え上がらせたりするので大忙しでしょうから。でも、そういうのはあなたの好きなことですものね？　彼らの今度のやり方は許せるものじゃないわ。でも彼らの主張には一理あるかもしれないって、あなたは一度でも考えたことはあるかしら？　この世には、間違っているのはあなたのほうだと考える人もいるかもしれないって。正しい思想を持った公平な人々はぞっとして嫌悪感をいだくはずよ、一部の外国人居住者みたいに汚い方法で富を築いた人間を支援し、保護する統治者がいるということに。とはいえ、あなたはほかの人がなんと思おうと、どう感じようと全然気にかけないんだったわね。あなたはこれまで人の気持ちなんて一度も考えたことがないし、これからも絶対に考えないんだわ」

「いいかげんにしろ」怒気をはらんだリュクの声がキャリーを黙らせた。「そこまで言うなら、教えよう」彼は続けたが、ちょうどそのとき両開きの扉がぱっと開き、ひとりの補佐官があわてふためいてリュクに駆け寄った。

「殿下……活動家から……書面で要求が来ました。殿下宛《あて》に……」

「見せろ」リュクは厳しい声で命じた。

手渡された書状をリュクが開き、読む様子を、キャリーは緊張して見守った。

「なんて書いてあったの?」

一瞬キャリーは、自分の問いかけは無視されるかもしれないと思った。しかし補佐官を下がらせてから、リュクはとげとげしい口調で答えた。

「ぼくが彼らの要求をのむまで、爆弾テロは続く、と」

「彼らの要求?」

キャリーが尋ねたとき、もう一度扉が開き、今度は年配の議員数人が入ってきた。彼らのひとりが厳しい口調で尋ねた。

「殿下、本当ですか? やつらは本当に殿下に要求を突きつけてきたのですか? 信じられない。お祖父《じい》さまの時代でしたら、そのような侮辱は決して許されませんでした。反逆罪ですぞ、これは」

「アンリ、落ち着け。また心臓発作を起こすぞ」リュクは老人に注意した。

「建国五百周年の祝典と殿下の結婚式はどうなさいますか?」ほかの議員が尋ねた。「中止になさいますか? 予定どおり執り行っても安全と思われますか?」

キャリーは息を詰めて待った。ひょっとしたら、これでわたしはリュクに無理強いされた苦境から逃れられるかもしれない。

しかし、リュクはその質問には直接答えず、冷静な声で言った。「わが国が深刻で複雑な問題を抱えているのは前からわかっていたことだ。これから全議員を集めて会議を開きたいと思う。当面、国民に必要なのは自分たちは安全だという安心感だろう。そこで、すでに活動家と確認されている者たちの勾《こう》留《りゅう》を命じることにしよう」

8

三週間が飛ぶように過ぎた。キャリーは信じられない思いだった。さまざまな用事や半ば公的な行事のせいでずっと多忙な日々が続いている。そうした行事に彼女はひとりで出席しなければならなかった。リュクは政務のために、ほとんどの時間を国外で過ごしていたからだ。

しかし、リュクもついに挙式のため帰国した。

キャリーは小さく身を震わせた。彼のことを思って無駄にした時間を思い出したくない。それから眠れずに過ごした夜のことも。彼女は気持ちを引き締め、自分の感情ではなく、メイドの感情に注意を向けることにした。

「どうかしたの、ベニータ？」

キャリーは心配そうに尋ねた。ベニータは今夜のディナーパーティのために、キャリーの身支度を手伝っている。キャリーは一週間リュクと顔を合わせていなかった。最後に彼と会ったとき、二人は大げんかをしたのだった。きょうのパーティは欠席しようかとも考えたのだが、リュクは必要とあれば、彼女の寝室に踏みこんできて無理やりにもドレスを着せるに違いなかった。

「顔色が悪いわよ。気分でも悪いの？」キャリーはベニータに問いかけた。

ベニータの瞳から大粒の涙がこぼれそうになり、唇がぶるぶると震え出した。キャリーはあわてた。

「ベニータ？　いったい何があったの？」

「わたしは何も……あの……実は……」ベニータはしゃくりあげた。「従弟《いとこ》が警察に勾留《こうりゅう》されてしまったんです。警察に容疑をかけられて。あの子は悪いことのできるような子じゃないんです。ただ理想に燃えて――」いったん言葉を切る。「従弟はまだほんの十六歳なんです。あの子の母親、つまりわたしの叔母は未亡人で、わたし、もし従弟に何かあったらと思うと……」

　キャリー自身、弟の身を案じている事情もあり、彼女はベニータに苦しいほどの同情を感じた。

「従弟が例の事件にかかわっていたはずはありません」ベニータは下唇を噛《か》んだ。「でもどこに勾留されているのかわからないし、身内は従弟と話をすることを許されていないんです。あの子が逮捕されてもう二週間以上になるので、叔母はすっかり取り乱してしまって……」

　キャリーはそれ以上聞いていられなかった。

「ベニータ、どうしてもっと早く話してくれなかったの？　あなたの従弟の名前は？」早口に尋ねる。「わたしが殿下に話して、従弟の居場所を突き止めるよう努力するわ」

　たちまちベニータは感激して笑顔になった。いっぽうキャリーは、なんという約束をしてしまったのだろうと落ちこんだ。しかし自分の浅はかさを後悔するには遅すぎた。

　キャリーはベニータのためにリュクの機嫌をとる決意を固めてパーティに臨んだ。

　だがキャリーの決意は招待客の中に伯爵夫人の顔を見つけた瞬間、崩れ去った。

　ディナーテーブルに着く前のカクテルパーティで、キャリーがグラスに口をつけるかつけないかのうちに、伯爵夫人が彼女をにらみつけながらリュクに近づいてきた。

「それで、リュク」伯爵夫人は口火を切った。「もちろん結婚式と建国五百周年の祝典は中止にするんでしょうね！　とにもかくにも安全じゃありませんもの。いつまた爆弾テロが起こるかわからないときに、外国からお客さまをお招きするわけにはいきません。あの危険な犯罪者たちはあなたのお祖父《じい》さまが築かれたものをことごとく破壊しないと気がすまないようですからね」

キャリーは自分を抑えることができず、激しい口調で反論した。「わたしは彼らのやり方には断固反対ですが、活動家の大半は犯罪者ではないと思います。ただ理想と道徳的信念を持っている一団というだけ――」

「なんですって？　あなたは彼らを支持すると言うの？」伯爵夫人が憤りもあらわにキャリーをさえぎった。「リュク、いまの言葉を聞きましたか？　彼女がいかにあなたの妻としてふさわしくないか、わかったでしょう？　この国の支配者層のひとりとして、わたくしはいまの政情を残念に思っています。でもあなたの名づけ親としては」偽善的につけ加える。「今回のショッキングな出来事によって、あなたとこの人との結婚は絶対に不可能だということが明らかになって安堵《あんど》しています。結婚式は即刻、中止にしなければなりません。そしてあなたは婚約を破棄したと発表するのです」

リュクは厳しい非難の目でキャリーをにらんでから、名づけ親の伯爵夫人に向き直った。

これでわたしが自由を手にできるのは確実だわ。キャリーはむなしさを感じながら思った。たとえそれがわたしの忌み嫌っている伯爵夫人によってもたらされた自由でも。

「ご心配は感謝しますが、伯爵夫人、結婚式の中止はできませんし、するつもりもありません。建国五百周年の祝典も結婚式も予定どおり執り行います」

リュクはキャリーと伯爵夫人の顔に浮かんだ〝信じられない〟という表情に気づかないふりをして続けた。

「どちらかの式典が中止された場合、国民の間に動揺が広がるのは必至。そのような事態はわが国がいまいちばん避けなければならないことです。実のところ、現状ではどちらの式典も執り行うことがさらに重要になったと言えるでしょう」

「きみがぼくの名づけ親をあまり好いていないのはわかっている、キャリー。しかし伯爵夫人に対する今夜の口のきき方は外交的とはとうてい言えなかったな」

キャリーは敵意に満ちたとげとげしい視線をリュクに投げた。ディナーパーティは終わり、招待客はすべて帰った。彼女はグリーン・サロンにリュクと二人きりだった。キャリーが寝室に戻ろうと思ったちょうどそのとき、彼が口を開いたのだ。

「わたしの意見を言わせてもらえば、あの人は外交的に接する価値のない人よ」キャリーは語気も荒く言った。「わたしには自分自身の意見を持つ権利があるし、あなたやほかの人になんと言われようと、それを変えるつもりはないわ。あなたはわたしに結婚を無理強いできるかもしれないけれど、考え方や感じ方を変えさせることはできないわ」

「ぼくがそんなことをしたいと言ったかい？」

やわらかな口調のリュクの問いかけに、キャリーはたじろいだ。

「だって、あなたはわたしのすべてを変えたいみたいじゃないの」あわてて言い返しながら、キャリーはドレスを引っ張った。「わたしの服装、わたしの――」

「きみの短気？」リュクがからかうような口調で続けた。「きみの頑固さ？　ああ、そういうところはもう少し節度を持ってもらえるとうれしい。しかしきみの性格にはぼくがすばらしいと認めざるを得ないところがいくつかある」

キャリーはまじまじとリュクを見返した。彼に褒められるなんて、夢にも思わなかった。

「どういうところ？」疑わしげにきき返す。

「弱者を弁護し、道徳的大義を擁護し、自分より恵まれない者を思いやるところ」リュクは即座に答えた。

キャリーは口をぽかんと開け、目をしばたたいた。リュクは本当にわたしの性格を好いてくれているの？

キャリーの喜びは、リュクの言葉であっけなく消えた。「そういう性質はぼくのような地位にある人間の配偶者にとってはすばらしく望ましい。いわゆる〝庶民的〟な妻はきわめて貴重な存在だ」

「わたしはあなたの配偶者や妻にはならないわ」キャリーはたたきつけるように言った。「わたしはあなたが結婚する相手というだけよ！」

リュクの眉がつり上がった。

「何か違いがあるのか？」

「ええ、あるわ」キャリーは憤然とした。「妻というものはすべてを分かち合う存在……」

リュクがこちらに向けている視線に気づいて、キャリーは顔がかっと熱くなった。

「わたしの言いたいことはわかるでしょう。それはそうと、ひとつあなたに頼みがあるんだけれど、リュク」

二人の会話は収拾がつかなくなりつつあり、キャリーは自室に戻りたくて仕方がなかったが、ベニータとの約束がまだ片づいていなかった。

少し息を切らしながら、キャリーはベニータから聞いた話をリュクにした。

「きみはぼくに何を期待しているんだ？」リュクの声は冷たかった。「きみのメイドの従弟だという理由で釈放を命じろとでも？　きみの期待に反して、ぼくは全能ではない。この国には法律というものがあるんだ！」

「ベニータの従弟はほんの十六歳なのよ」キャリーはかたくなに言った。「身内は彼がどこに勾留されているかも知らないらしいわ。この国には法律があると言ったわね、リュク？　現代のまともな国なら、十六歳の少年を勾留しておいて家族に居場所も教えないなどということは断固禁じる法律を持っているものよ。あるいは、そうあるべきだわ。この国でいま行われていることは人権侵害に等しいわ」

いらだちからか、あきらめからか、リュクがため息をつくのが聞こえた。

「わかった」彼はいかめしい声で了解した。「その若者の名前は？　メイドにはぼくが彼の居場所を突き止め、家族に連絡が行くよう最善を尽くすと言っていいぞ。だが、ぼくがやるのはそこまでだ！」

かすかに震える息を吐きながら、キャリーはベニータの従弟の名前を告げた。

「それで、ぼくがきみの頼みを聞いてやる見返りに」リュクは言葉を継いだ。「きみはぼくに何をしてくれる？　昔からこういう場合、男と女の間の支払い方法はひとつしかない。今回の件はきみにとってどれだけの意味があるんだ、キャリー？　ぼくと一回ベッドをともにしてもいいくらいか？　それとも二回？」

キャリーは呆然《ぼうぜん》としてリュクの顔を凝視した。

「まさか本気じゃないでしょうね」声が弱々しくなる。

皮肉っぽい表情がリュクの顔をよぎった。

「本気なわけがないだろう。なにしろそんな見返りはなんの価値もない。きみはすでに大勢の男にそれを与えてきたんだからな！」

9

キャリーは頭痛がしていた。ベニータがリュクの温情の深さを褒めたたえるのは聞き飽きた。彼はすべての活動家を留置所から出し、自宅監禁の処置に変えたのだ。キャリーは人々が結婚式についてひっきりなしにしゃべりたてるのにも飽き飽きしていた。まるでわたしが結婚式を楽しみにしなければいけないみたいだわ。城の中庭を歩きながら、彼女は不機嫌に考えた。

この日の午前中はオートクチュールのデザイナーが来て、ウエディングドレスの最終の寸法直しが行われた。午後は結婚式のドレス・リハーサルに先立ち、ヘアスタイリストとメイクアップアーティスト
が来ることになっている。

結婚式。キャリーはいらいらと髪を顔から払った。あと三日でわたしはリュクと結婚するのだ。

毎晩キャリーは、わたしを自由にしてくれるようなことが起こりますように、と祈った。けれど毎朝、目を覚ましてそんな祈りがかなうわけはないと思い知らされる。

早くもサンタンデール公国は建国五百周年と婚礼の祝賀気分で国じゅうがわきたっているように思われた。今朝もキャリーはベニータから、彼女の知り合いは文字どおり全員がこの二重の吉事を祝してパーティを開くか、友人が開くパーティに出席する予定だと聞かされたばかりだった。

「なんですって？　活動家の人たちまで？」キャリーはきいた。

「あら、もちろんです」ベニータは陽気に答えてから、顔を赤らめてちょっと居心地の悪そうな表情に

なった。「彼らは現在の政策の一部に反対しているだけですから……」

キャリーは眉を片方つり上げたが、何も言わなかった。

「やあ、きみが大公妃殿下になるまであとたった三日だね」

ジェイのからかうような声が聞こえ、キャリーは振り向いた。思わず顔がほころび、キャリーは温かな笑顔で彼を迎え、抱擁を返した。

「ジェイ！　いつ戻ったの？　あなたはまだニューヨークにいるものとばかり思っていたわ」

「今朝ニースに着いたんだ」ジェイは答えた。「いまからリュクに会いに行くんだが、きみの姿を見かけたものだから。少し痩《や》せたじゃないか！　細くなりすぎるのはよくないよ。男は女性らしい女性が好きなんだ。特にその女性がきみならね」いったん言葉を切り、首を横に振る。「まったくリュクはラッキーな男だよ」

「口のうまい人ね」キャリーは声をあげて笑った。ジェイとリュクは本当によく似ているので、遠くからだと見分けるのが難しいかもしれない。けれどキャリーの体は二人の違いを感じ取る。彼女の体にとって、ジェイは単なる友人だった。いっぽうリュクは……。リュクに対して、彼女の体はほかの男性に対するのとはまったく異なる反応をする。

ジェイがリュクに会うため足早に立ち去るのを見送りながら、キャリーはこれまでずっと否定しようとしてきたある真実を認めざるを得なくなった。それはリュクが彼女をベッドに連れていった夜から本当はわかっていたことだった。

わたしはリュクに欲望を感じる。彼をせつないほどに求め、単に肉体的な欲求としては片づけられないほど強く彼を必要としている。わたしはいまもリユクを愛しているんだわ！　彼のほうはいまもわたしを忌み嫌っているのに！

「それじゃ、すべて予定どおり進める考えに変わりはないんだね」

磨き上げられたデスクをはさんで従弟《いとこ》と向かい合いながら、リュクはうなずいた。

「ほかに選択肢はない。活動家は最後通牒《つうちょう》を突きつけてきた。彼らが抗議している秘密口座の保護をやめないなら、退位しろと！」

ジェイは音を出さずに口笛を吹いた。「そんな挑戦状をたたきつけてきたのか？　そこまで過激なことになっているとは知らなかった！」

「現状はぼくの予想を越え、急速にエスカレートしている」リュクは認めた。「これはぼくの思い違いかもしれないが、活動家たちは金銭的、政治的な後ろ盾を得たのではないかという気がするんだ。なんらかの理由でぼくの退位を望む第三者から。それなら、これまでの騒々しくとも平和的なデモ行動が、突然テロ攻撃に変わったことも説明がつく」

「どうだろう……。ぼくの情報網からは何も耳に入ってきていないが。たったいま外でキャリーに会ったよ」ジェイは話題を変えた。「彼女はすべて知っているのか？」

「いや」リュクはそっけない口調で答えた。「それに今後も知らせるつもりはない。ぼくは秘密裏に外交的に問題解決をはかる方法はないかと、国外で何度か会合を持ったんだ」

「それで方法は見つかったのか？」ジェイはきいた。

リュクが答えずにいると、彼は続けた。

「率直に言おう。現状が改善されなければ、この国は大変な額の歳入を失うことになる。きみが行った教育と医療の拡充政策を考えれば、そのような事態は絶対に避けなければならない」

「きみに講義してもらう必要はないよ、ジェイ」リュクが鋭い口調で応じる。

「ああ、もう少しで忘れるところだった。ジーナからことづてがあるんだ」ジェイはすかさず話題を変えた。

リュクは眉をひそめた。

「彼女とはもう話したが」

「それで？」

リュクの瞳がきらりと暗い色を帯びる。ジェイの問いかけをリュクが喜んでいないのがわかった。

「ジーナは次回作できわめて重要な役をオファーされた。ぼくは彼女にそれを受けるべきだと言った。ジーナは今夜サンタンデールを発《た》つことになっている」

「きみは必要とあれば、本当に情け容赦ない男になれるんだな」ジェイは軽い口調で言った。

リュクは返事をしなかった。ジーナと彼との〝交際〟は、マスコミの目を引くことを狙《ねら》ったジーナの芝居にすぎない。彼女の芝居につき合うのは、リュクにとっても都合がよかった。彼は皮肉な楽しさを感じたくらいだ。リュクが婚約したあと、ジーナは二人が本当に関係があったかのように振る舞った。恋人に捨てられ、怒った女の役を、ジーナはメロドラマ的に熱演した。リュクのほうもある理由があって彼女にそれを許した。しかし実のところ、ジーナは彼が欲望を感じる女性とは正反対のタイプだった。

ぼくが欲望を感じる女性！　思わず、リュクは窓際に歩いていき、中庭を見下ろした。

キャリーはすでに姿を消しており、中庭には誰もいなかった。

キャリーがグリーン・サロンに入ったちょうどそのとき、彼女の携帯電話が鳴った。かけてきたのが弟だとわかり、キャリーは出る前に一瞬ためらった。

リュクに脅迫され、無理やり結婚させられようとしている事実を、ハリーとマリアには話したくない。そんなことをしたら、二人の幸せに水を差してしまうだろう。

深く息を吸いこんだキャリーは、どうにか笑顔を浮かべ、電話に向かって弟の名前を口にした。

「キャリー、驚かせるニュースがあるんだ！」ハリーが興奮した口調でいきなりしゃべり出した。「ハネムーンの最中に、マリアとぼくは真剣に話し合ったんだ。とにかく手短に言うと、ぼくは金融街《シティ》で働くのをやめて、農業をすることに決めたよ。これからマリアと農場を探しに行くんだ！」

「ハリー？」キャリーは慎重に口をはさんだ。「あなたの話はわかったけど、費用を考えて！　そんな大きな買い物をするお金、あなたには――」

「ああ、それについては心配いらないんだ。マリアが莫大《ばくだい》な信託財産を両親から受け継いでいるから」ハリーは愛情がにじむ声で言葉を継いだ。「マリアは本当に賢いよ。財産目当てのろくでなしに追いかけられたくないから、これまでそのことを誰にも話さなかった。キャリー、あのつまらない仕事を辞められるとわかったとき、ぼくがどんなに幸せを感じたか、わかるかい？　ぼくがあの仕事を全然楽しんでなかったのは知ってるだろう？」

弟はさらに続けた。

「マリアはぼくが何か悩んでいると察していた。ぼくが打ち明けると優しく理解を示してくれた。ああ、彼女は最高だよ！　ぼくがシティで働きつづけるのを彼女も望んではいなかった、とマリアは言ったんだ。できるだけ早く子供をつくりたい、と。そんなわけで、ぼくたちにぴったりの農場を探しに出かけることにしたんだよ。ところで、このあいだ父さんから電話があった。夫婦で奥地に何週間か旅行に行く、と言ってたよ。姉さんはいまどこにいるんだい?」

「わたしは……」

「仕事中か」ハリーはひとり合点した。「わかった、それじゃそろそろ切るよ。ああ、でもキャリー、ぼくは信じられないほど幸せだよ。マリアのおかげでぼくの人生は一変した。彼女と愛し合って結婚して……。ぼくは姉さんや父さんとは違う。きっと母さんのほうの血が濃いんだ。母さんの実家は農業を営んでいたんだろう? あ、マリアが姉さんに……。くそっ、携帯の電池が切れそうだ。愛してるよ、姉さ……」

弟の声は雑音の向こうに消えてしまった。キャリーは携帯電話をまじまじと見つめた。全身が震えている。もちろん安堵《あんど》からだ。もはやリュクと結婚する必要はなくなった。リュクにはもうハリーを破滅させる力はない。言うまでもなくわたしのキャリアを破滅させることはできるだろう。でもわたしはほかの分野で再スタートを切れる。わたしはまだ若い。望まない結婚を強いられるのに比べたら、どんな苦労でも耐えられる。

キャリーが今後についてあれこれ考えをめぐらしていると、伯爵夫人がこちらに歩いてくるのが見えた。

「リュクはどこです?」夫人は傲然《ごうぜん》と詰問した。「リュクにいますぐ話さなければならないことがあるのだけれど」

キャリーは彼女を冷ややかな目で見返し、決然と顎を突き出した。

「知りません。それに、たとえ知っていたにしても……」彼女は深呼吸をした。わたしはもう十八歳の娘ではないのだと自分に思い出させてから冷静に辛辣《しんらつ》に続ける。「あなたはほかの人に対してとても威圧的で不快だということを、これまで誰かに指摘された経験がありますか？　それとも弱い者いじめをする人はみんなそうですけれど、あなたも人が恐怖のあまり自分に刃向かわないと思いこんでいるのかしら？」

しばらくの間、伯爵夫人は唖然《あぜん》としてキャリーの顔を見つめることしかできなかった。

「わたくしの思ったとおりだわ！」ようやくショックから立ち直り、夫人は叫んだ。「あなたの正体は最初からわかっていたのよ。ちゃんとしたしつけを受けた若い女性は、いまのあなたみたいな口のきき方はしませんからね！　どうやらあなたはリュクの婚約者としての自分の地位を揺るぎのないものと考えているようだから、言っておくわ。わたくしがこれから話そうと思っている事実を知ったら、リュクは決してあなたを妻にしようとはしないはずよ！」

伯爵夫人は唇を引き結び、勝ち誇った顔でキャリーを見た。

「この真実を掘り起こすには、大変な粘り強さと大金がかかりました。あなたは過去を完全に葬り去り、誰にも知られる心配はないと思っていたんでしょうね。でもわたくしは探り出したわ！」

氷さながらの冷たい指で撫《な》でられたかのように、キャリーの背筋に寒けが走った。

「何も言うことはないの？」伯爵夫人はあざ笑う調子できいた。

夫人の目は悪意に輝いている。キャリーは自分がこれから直面する恐怖を思って、強い吐き気をおぼえた。

内心とは裏腹の無関心を装い、キャリーは肩をすくめてみせた。「なんでも好きなお話をされればいいわ。わたしにとってはなんでもないことですから」

「なんですって？　そんなせりふを吐けること自体、あなたが不道徳で卑しむべき人間である証拠です」

伯爵夫人は傲慢な口調で決めつけた。「あなたはわたくしたち女性の恥よ」

ドアが開いたので二人が振り返ると、リュクがさっそうと入ってきた。

「キャリー。伯爵夫人……」

「リュク、あなたに話さなければならないことがあって来たのよ」伯爵夫人はリュクに駆け寄り、敵意のこもった目でキャリーを見た。「こんな腐りきった女と結婚してはいけません！　わたくしはこの女の正体を初めから見抜いていたのに、あなたときたら……。でも、わたくしは証拠をつかんだの」リュクからふたたびキャリーへと目を移し、彼女は言葉を継いだ。「わたくしが依頼した探偵事務所の仕事はきわめて徹底したものだったわ」

これから何が明かされるか、キャリーにはわかっていた。しかし彼女は必死でプライドにしがみつき、感情を表に出すまいとした。

過去の出来事はキャリーを深く傷つけた。その思い出の悪魔と、長い間彼女は闘わなければならなかった。しかし、自分は勝ったと信じていた。心の平和と自尊心を取り戻すことができたと信じていた。けれどいま、それがふたたび伯爵夫人の手によって奪われようとしている……。

突如キャリーは自制心を失い、恐怖にかすれる声で懇願せずにいられなくなった。「いや、やめて……話さないで」

「ほら、ごらんなさい」伯爵夫人は得意になってリュクに言った。「彼女はわたくしがこれからあなたに何を暴露するかわかってるのよ。この女はね、ほかの男性の子供を身ごもって中絶したことがあるのよ。リュク、こんな女と結婚するなんて絶対にいけません」

室内がしんと静まり返った。しかしキャリーは恥じてうなだれるのではなく、誇りを持って顔を上げ、静かに言った。「それは違います」

胸が引き裂かれそうだ。キャリーは自分の中の最もプライベートで繊細な感情を無理やり表に引っ張り出されたような気がした。でも目の前にいる二人に苦悩を見せて満足させるようなまねはするまい、と彼女は心に誓った。

「わたくしは診療書類のコピーをすべて見たのよ」伯爵夫人は明らかにした。「それには彼女が妊娠中絶をしたとはっきり書いてあったわ！　ここを去ってから、この人がどんな生活を送っていたかはわたくしたち全員が知っているでしょう、リュク。本人がそれについて自慢するような手紙を父親に送ってきたんですから。おそらく子供の父親が誰かもわからなかったに違いないわ！」

「いいえ」キャリーは激しい口調で否定した。「それは事実ではありません」

「それなら事実はどうだったんだ？」リュクが厳しい声で尋ねた。

彼が口を開いたのはそれが初めてだった。

「あなたは本当に知りたいの？」キャリーは挑むようにきいた。「それなら教えてあげるわ。あれはあなたの子供だったのよ、リュク……あなたの！」彼が息をのんだのにも、目にショックの色を浮かべたのにも気づかず、彼女は続けた。自分自身の過去の苦悩以外、何も考えられなくなっていたのだ。「わたしは中絶したわけじゃない。あれは子宮外妊娠だった……。医師は人工的に流産させるしかないと言ったわ」

リュクはとげとげしい口調で言った。「ぼくたちを二人にしてください、伯爵夫人」

「リュク、この女の言うことを聞いてはだめよ。彼女は嘘《うそ》をついて……」伯爵夫人は主張したが、リュクは夫人を戸口まで案内し、部屋から出して、ふたたび扉を閉めた。

「どうしてぼくにひと言も話してくれなかったんだ?」キャリーのそばに戻り、リュクは抑揚のない声できいた。

キャリーはリュクの顔を見られなかった。これ以上の苦しみにはもう耐えられない。

「どうして? どうしてだと思うの? あなたにあんなひどい扱いを受けたあとで、わたしが連絡をしなかったからといって——」

「きみのおなかにはぼくの子供がいたんだぞ」リュクがいらだたしげにさえぎった。「それで事情が変わるということに気づかなかったのか?」

「気づかなかったのか、ですって?」キャリーは激しくしゃくりあげそうになるのをこらえた。「もちろん気づいていたわ。わたしの人生が前と同じになるわけはないって。わたしが前と同じになれるわけはなかったのよ」

あのとき、キャリーは失った小さな命を思ってひとり悲嘆に暮れた。そして大学の指導教官に強く勧められ、カウンセリングを受けることにした。最初は気が進まなかったものの、カウンセラーは彼女が不幸な出来事と折り合いをつける手助けをしてくれた。医師がとったのは必要な処置だったのだとやがてキャリーも受け入れることができた。とはいえ、リュクを許すのは困難だったし、自分自身を許すのはさらに困難だった。

「ぼくが言いたかったのは、きみのおなかにぼくの子供がいると知らされたら、ぼくは……」

「どうしたって言うの? わたしと結婚した、とでも?」キャリーは首を横に振った。「いいえ、結婚などしなかったはずよ、リュク! あなたは一刻も早くわたしを追い払いたくて仕方がなかったんですもの」

キャリーは深く息を吸いこんだ。いまここで、もうあなたにわたしを脅迫する力はない、と言おう。

ハリーはもうシティでの仕事を必要としなくなったのよ。花嫁が必要ならほかの人を探してちょうだい。わたしはあなたとは結婚しないから！

しかし彼女がふたたび口を開くより先に、リュクが激情に駆られて言葉をほとばしらせた。「きみはぼくに知らせるべきだった！　ぼくはきみのそばにいるべきだったんだ。そんなつらい経験をきみがひとりで耐えなければならなかったなんて、絶対に許されないことだ」

キャリーは信じられない思いで彼の顔を見つめた。いまのは本当にリュクの言葉？　いま目の前を行ったり来たりしているリュクが言ったの？

「それとも、きみはひとりじゃなかったのか、キャリー？」リュクは急に語気も荒くきいた。「ほかの男がきみを慰め、支えてくれたのか？」

キャリーはもう黙っていられなくなった。

「ほかの男性ですって？　あなたにあんな仕打ちを受けたあとで？　あなたは本気でわたしをばかだと思っているの？　わたしはあなたのあとには誰とも――」

キャリーははっとして言葉を切った。息苦しい沈黙が流れるなか、二人は互いの顔を見つめ合った。

「誰とも？」リュクはいぶかしげに眉をひそめた。「誰とも？　それが本当なら、なおさら――」

「殿下。あ、これは失礼いたしました」

扉が勢いよく開き、廷臣が飛びこんできた。キャリーはこの機を逃さず、サロンから逃げ出した。

わたしったら、どうしてあんなばかなことを打ち明けてしまったの？　リュクの思いがけない感情の吐露に不意をつかれたからといって……。

キャリーは枕《まくら》から頭を上げ、時計を見た。午前一時を過ぎたところだ。

キャリーが結婚式の準備からようやく解放された

のは、七時近くになってからだった。リュクは大事な会議があるとのことで、彼女はひとりで夕食をとった。

いったいなぜわたしはイギリスへ帰らないのだろう？　なぜここに、サンタンデール城のベッドにいるのだろう？

本当にわからないの？　キャリーはそっと顔に触れた。寝ながら泣いていたせいで、顔はまだ涙で濡《ぬ》れている。

きょうキャリーの心の中で、封印されていた扉が開かれ、長年閉じこめてきた感情が解き放たれてしまった。実を言えば、わたしは自由の身となってここから出ていきたいとは思っていない。いまもリュクをせつなく求めている。愚かにも究極のおとぎばなしが現実になることを信じているのだ。王子さまが村娘と恋に落ちるというおとぎばなしを。

キャリーはベッドから出て、ローブをまとった。満月が中庭を銀色に照らしている。彼女はバルコニーに通じる窓を開け、表に出た。

バルコニーには庭へと下りる狭い階段がついている。キャリーは下まで行き、砂利敷きの小径《こみち》を歩き出した。たちまち八年前のつらい記憶がよみがえってくる。

傷心のキャリーは逃げるようにサンタンデール公国をあとにしてイギリスに戻ったが、食事は喉を通らず、眠ることもできなかった。

妊娠にはすぐに気づいた。ひとり喜びにひたっていたのだが、あまりに苦しい腹痛に悩まされ、医師の診察を受けたのだった。

噴水の縁に腰を下ろしたキャリーは、指を水面に走らせた。よく太った金魚が横をのんびりと泳ぎ過ぎていく。

短かった数週間。愛する男性の子供をこの腕に抱けると信じてうっとりできたのは、ほんの数週間だった。リュクに捨てられても、わたしは彼の子供を産むことができると思った。彼の息子を。キャリーは赤ん坊が男の子であるよう祈っていた。父親そっくりの男の子。わたしだけの小さなリュク。わたしは息子をこよなく愛する。息子こそわたしの人生で最も大切な存在。

しかし、さまざまな計画と幸せな気分は、医師の診断がくだされたときにがらがらと崩れ去った。

手術のときは恐ろしくて仕方がなかった。あのときキャリーはまだ精神的に子供で、リュクの赤ん坊がおなかにいるという幸福感を失うのが怖かった。でも病院から出てきた彼女は大人の女性になっていた。かけがえのない命を失い、悲嘆と苦悩に押しつぶされた大人の女性に。

頬から涙がひと粒、またひと粒と落ち、小さな水音をたてて水面を打った。キャリーは両手で顔を覆い、目をつぶった。だめよ、こんなところで泣き崩れるわけにはいかないわ。

「キャリー?」

リュクの声を聞いて、彼女は凍りついた。はじかれたように立ち上がり、逃げようとする。しかしリュクの動きは早く、彼はキャリーをつかまえたかと思うと抱きしめた。

「キャリー……キャリー。もう大丈夫だから」彼は悲痛な声でささやいた。

リュクがわたしを抱いて、体を揺すっている。わたしを慰めてくれている。キャリーは呆然《ぼうぜん》としながらそれに気づいた。そして長年抑えこんできた感情に自制心が押し流されるのを感じた。彼女の体はぶるぶると震え出した。目に涙があふれ、喉を引き裂くようなむせび泣きがもれる。

「わたし、あんなことになるなんて思いもしなかった」泣きながら、キャリーは言った。「あれは……ひどい腹痛だと思ったの。わたし……あなたの赤ちやんがどうしても欲しくて……。だから死にたくなったわ、お医者さまに赤ちゃんを……」

「ああ、キャリー。お願いだ、そんなことは言わないでくれ」

リュクの腕がさらにきつく彼女を抱きしめた。キャリーは、彼の乱れた激しい鼓動が自分の胸に打ちつけ、力づけてくれるのを感じた。涙はあふれ出したときと同じく急に止まり、ようやく完全に悲嘆を吐露できたおかげで、悲しみの発作も過ぎ去った。

「子供はこれからもつくれるよ、キャリー。こんなことを言っても、きみが経験した苦しみが消えないのはわかってる。あのときぼくはきみを遠ざけなければならなかった。きみがここから出ていくのにまかせなければならなかった……。きみは知らないだろう、ぼくがどんなに後悔したかを」

「わたしの誘惑に負けたことを？」キャリーは短くきいた。

「それじゃ、認めるんだね。誘惑したのはきみのほうだった、と？」

キャリーは小さく肩をすくめた。

「わたしは世間知らずだったのよ。それに、あなたに夢中だった。わたしは自分の気持ちをまったく隠せなかったわ」

「まるできみの一方的な片思いだったみたいな言い方じゃないか。実際は全然違った。これまで一度も否定したことはないし、絶対に否定できないが、ぼくはきみにとても欲望をかきたてられる……」

リュクの声が低くなる。キャリーは心臓が飛び跳ね、一瞬息が止まった。

「ぼくがきみの恋人たちにどんなに嫉妬《しっと》したか、きみは想像もできないだろうな。いまはすべてきみの芝居だったとわかったけれど」

「あなたが嫉妬？」キャリーの声は息も切れ切れで、リュクを誘うようだった。

「ああ」彼はうなずいた。

彼の熱い息がキャリーの額に、鼻に、唇にかかる。

「リュク！」

キャリーのやわらかな声は抗議だったのか、それとも懇願だったのか？　そもそもリュクにその声は聞こえていたのか？　彼はキャリーの熱い唇をむさぼることしか考えられなくなっていた。

「ぼくと初めて愛を交わしたときのことを覚えているかい？」

「ええ」

「ぼくの腕の中できみはものすごく震えていた。全身が小刻みに」

「それはどうしようもなくあなたが欲しかったからよ……」

いまと同じように。リュクが鼻を彼女の鼻にゆっくりとこすらせ、ローブの下に手を入れて体を愛撫《あいぶ》しはじめると、キャリーはそう思った。

「あと二日でぼくたちは結婚する……」

「ええ……」

「そして九カ月後には……」

リュクが彼女の親密な部分に触れる。キャリーは全身に震えが走り、思わず彼の高まりへと手を伸ばした。

リュクは無言でキャリーを階段へ、彼女の寝室へといざなった。部屋の戸口に鍵《かぎ》をかけるときだけ彼女を放したが、リュクはすぐまた傍らに戻ってきた。

「今夜はずっときみのことが頭から離れなかった」彼はキャリーの顔を両手ではさみ、熱い声でささやいた。「それどころか正直に言うと、一カ月前に執務室の窓から広場に立っているきみの姿を見たときからずっと、きみのことが頭から離れなくなっていたんだ」

「あなたがここにいると知っていたら、わたしはマリアの伝言を届けにサンタンデールに戻ってきたりしなかったわ」言いながら、キャリーの目は欲望の色を帯びて暗くなった。

「運命だったんだよ。運命がぼくたちをふたたび引き合わせたんだ。そして運命にはいつも意図がある」

「お願い、離れていた間もずっとわたしを求めていたふりはしないで、リュク。あなたはマリアと結婚するはずだったんだから……」

「きみはずっとぼくを求めていた？」

キャリーは顔をしかめてリュクを見た。

「どんなにあなたを憎んでいるか面と向かって言いたいと思ったことは何度かあったわ！」陶然としながら、彼女は告白した。

「それなら、いま言ってくれ」リュクは彼女の体に腕をまわし、頭を下げて喉元の小さなくぼみにキスをした。彼の唇はキャリーの体を巧みにもてあそび、短いキスを繰り返してじらしつづけた。いっぽう、手は彼女の胸を探り、固くなった頂に円を描いている。

キャリーは吐息をもらし、リュクの手と唇がかきたてる至福の快感にひたった。彼の指先に肌をゆっくり愛撫され、自制心を失うほどの欲望が目を覚ます。

優しく、けれど断固とした手つきで、リュクは彼女の手をつかみ、自分の体へと導いた。

キャリーが彼に触れると、リュクは男性としての喜びを隠そうともせず大きく体を震わせた。

「初めてそこにキスしてくれたときのことを、きみは覚えているかい？」彼はかすれる声でききき、キャリーの返事を待たずにつけ加えた。「きみはとても恥ずかしそうでおぼつかなげで、でもぼくに喜びを与えようと必死だった。きみがぼくに唇をすべらせると、その感触はあまりに繊細で、責めさいなむようで、ぼくはもっと求めずにいられなくなった。そしてきみが舌で触れ、ぼくを愛撫すると……」

リュクのうめく声が聞こえた。キャリーの胸は彼の不規則な激しい鼓動に応《こた》えて、まるで金づちが打ちつけるようにどきどきと打っている。

「何十年も昔のことみたいだわ」彼女はため息をついた。

「何十年も昔のように思えるときもある」リュクも認めた。「でもついきのうのように思えるときもある」

リュクの手がキャリーの体を離れ、彼女の顔を包んで仰向かせた。

「キャリー！　キャリー！」リュクはうなるように彼女の名前を呼びながら、荒々しく甘く唇を奪った。

触れられるたび、キスされるたび、キャリーはさらに容赦なくリュクのとりこになっていくのを感じ、自らを進んで奔放に差し出した。

ついに一糸まとわぬ姿になり、キャリーはベッドの上に横たえられた。上に覆いかぶさっているリュクをしばらくの間押しとどめ、彼女は真剣な面持ちで彼の顔を見た。彼の目はキャリー自身と同じ深い愛情を宿してけぶっている。

「ぼくたちはこうなる運命だったんだ、キャリー」リュクはゆっくりと優しくキスした。「ぼくたちは……こうなる……」キスが深くなる。「運命……」

リュクは頭を下げてキャリーの胸の頂を愛撫した。その愛撫の優しさに、彼女はとろけそうだった。キャリーは小さく差し迫った声をあげながら、リュクの固く引き締まった腰に手を伸ばし、彼を引き寄せようとした。

「キャリー……」喜びのうめき声をあげながら、リュクは力強く深く彼女の体に侵入した。

キャリーは夢中になって彼を受けとめ、とらえ、そして彼女の体が切望していたクライマックスを迎えた。

一時間後にキャリーが目を覚ましたとき、リュクはまだ彼女のベッドにいた。キャリーが手で触れると、彼はじらすような反応を見せたが、唇で触れるとじらしている余裕をなくした。キャリーの愛撫は八年前よりもずっと自信に満ちていた。

いまはどうすればリュクの反応を引き出せるか、彼の高まりをゆっくり味わえるか、キャリーは本能的に理解していた。

空が白みはじめてからようやく、リュクは彼女を放し、ベッドから脱け出した。最後にもう一度なごり惜しそうにキスをしてから。

10

キャリーはてのひらでそわそわとウエディングドレスを撫《な》でつけた。中庭へ出てきたリュクと話をしたあの夜以来、二人きりになるチャンスは一度もなかったけれど、きょうの終わりには、わたしは晴れて彼の妻となる！

新婚旅行には、ジェイのヨットで出かけることになっていた。ジェイのはからいで二人水入らずの時間を過ごせると思い、キャリーの体は甘美な期待に打ち震えた。

二人が〝本当の〟結婚をすることになったいま、キャリーは父や弟にも早く報告したいと思った。もちろん、ハリーが姉とリュクの結婚報道を耳にしていないのは不思議ではある。婚約が発表されたとき、ハリーとマリアはアフリカに新婚旅行に出かけていたからかもしれない。どのみちいまからでは式に間に合わないし、話すのは新婚旅行がすんでからにしようとキャリーは決めていた。

ハリーはさぞ驚くに違いない、わたしとリュクが結婚したと知ったら！　そして、早く子供をもうけたいと望んでいるカップルが自分たちだけではないと知ったら！

キャリーはふと思い返した。子供を失ったことについて、リュクはこのうえなく優しく思いやりを見せてくれた。

「ぼくに知らせてくれればよかったのに」彼はキャリーをやんわりと責めた。

「知らせられるわけがなかったでしょう。わたしはあなたに捨てられた。追い払われたのよ。まだ十八歳だったわたしは、拒絶されたと絶望したわ。自分は価値のない女なんだと感じたのよ」

「あのときはああするべきだと思った」リュクは暗い表情で答えた。「きみはとても若かった。ぼくは……忠告されたんだ、きみはその若さゆえ恋に恋してのぼせているだけだ、と。これ以上深入りする前に別々の道を行くのが思いやりというものではないか、それこそが二人にとって賢明というものではないか、とね」

「忠告された？　ということはつまり、伯爵夫人に言われたの？」キャリーはそっと尋ねた。

リュクの表情から、彼が伯爵夫人に対する忠誠心とキャリーの問いかけの間で苦悩しているのがわかった。そこでキャリーは言葉を継いだ。

「あなたは気づいていなかったでしょうけれど、そのときすでに伯爵夫人はあなたとマリアの結婚を計画していたのよ」

リュクは即座に首を横に振った。やはり彼は伯爵夫人の計画を知らなかったのだ。

「あのころマリアはまだ十歳の子供だった」リュクは反論した。「あれはぼくが摂政団から国の統治権を引き継ぐ直前で、伯爵夫人だけでなく摂政団も、ぼくはサンタンデール公国とその国民に対する義務を第一に考えなければならないと強調していた。そう、その点についてはきみの考え違いだよ、キャリー」彼は譲らなかった。

キャリーはそれ以上追及しなかった。なぜ八年前のあのとき、自分の立場とわたしへの気持ちを自ら説明しなかったのか、なぜ伯爵夫人の口からあんな残酷なやり方で伝えさせたのか、ときくこともできなかった。

でもきょうは、過去の悲しい出来事など考えたくない。

キャリーのスイートには大きな窓が二つあった。ひとつはバルコニーに面し、中庭を見渡せる。そしてもうひとつの窓からは城の外の広大な広場を眺めることができた。今朝その窓からは、建国五百周年と、大公の婚礼を祝う準備が万端整った様子がうかがえた。

花の飾りつけがさらに増えている。そこに朝日が明るく差し、水やりが終わったばかりの花からしたたる滴がきらめいている。町全体がサンタンデール公国の盾形紋章の色――深紅、紺青、金、白――のみごとなディスプレーで飾りたてられ、部屋の窓からはキャリーが通ることになる城から大聖堂までの短い馬車道が、まるで色のついた川のように見えた。

キャリーはこれから起ころうとしていることも、これまでに起こったことも、いまだに信じられずにいた。でもひとつだけ認めないわけにいかなかった。十八歳のときよりリュクに対する愛情は深くなっている。あのときわたしが感じていたのは少女のあこがれだったけれど、いま感じているのは大人の女性の愛情だ。

寝室の扉が開いて、クリーム色のばらの小さな花束を手に、神妙ではあるけれど興奮した面持ちのベニータが入ってきた。彼女は花束をキャリーに渡し、ヘアスタイリストとメイクアップアーティストが待っていること、花嫁付き添い役たちが全員到着して着つけを始めたことを告げた。

キャリーはろくに聞いていなかった。かすかに震える指先でばらの花びらに触れながら、唇にやわらかな笑みを浮かべ、花束に添えられたメッセージを読んだ。

〈今朝この手で摘んだ、中庭で。リュク〉

書いてあったのはそれだけだったが、それだけで充分だった。リュクは、中庭という言葉で二人が分かち合った親密な時間を彼女に思い出させ、そして自分でばらを摘んだと言うことによって、きみを思っている、と伝えているのだ。

キャリーは花束を顔に近づけ、優雅な香りを吸いこんだ。今夜彼の腕の中で、この贈り物がどんなに深く心に届いたか話そう。今夜……。

キャリーは緊張した。メイクアップアーティストが仕上げのおしろいをはたき、ウエディングドレスに粉が落ちていないかどうか確認して後ろに下がると、キャリーは初めて鏡に映る自分を見た。

キャリーは目を疑った。よく知っているのによく知らない人間が、こちらを見つめ返している。鏡の中の女性はこの世のものとも思われない美しさをたたえていた。その美しさはかつて鏡に映る自分の中に一度も認めたことのないものだ。クリーム色の厚い絹地のダマスク織りのドレスを着て、昔リュクの祖母がかぶったという高価なアンティークのブラッセルレースのベールを、値踏みできないほど高価などっしり重いティアラで押さえつけているその女性は、息をのむほどはかなげだ。瞳は大きく見開かれ、ほっそりした体つきをしている。キャリーは鏡に近づいて指で触れ、こちらを見つめ返しているその華奢《きゃしゃ》な女性が自分であるのを確かめずにいられなかった。

キャリーの背後には、花嫁付き添い役たちが二人ひと組になって静かに並んでいる。全員がリュクに仕える廷臣の娘たちで、ドレスにはサンタンデール公国の紋章の色の飾り帯がついており、ひとりひとりがその帯の色に合う花を手に持っていた。

キャリーはクリーム色と白と緑を取り合わせた、長く垂れるデザインの大きなブーケを手渡された。

「さあ……お時間です……」

制服姿の従僕二人が両開きの扉を開けて立ち、そばでは金糸の織りこまれたきらびやかな式服を着た侍従のひとりが、大聖堂へ向かう盛装馬車へキャリーをエスコートしようと待ちかまえている。

戦慄《せんりつ》にも似た緊張が走り、戸口へとゆっくり向かうキャリーの体を震わせた。

馬車は城の正面玄関の外に止めてあり、キャリーが玄関の前へたどり着くと同時に、トランペットのファンファーレが鳴り響いた。扉が麗々しく開かれ、外から流れこむまぶしい陽光に、キャリーは目をしばたたいた。外で待ちわびていた人々の熱狂的な歓声が、耳に鳴り響く。

キャリーはできるだけしっかりした足どりで進んでいった。歓声はその大きさを増していくようだ。人々が国旗と同じ色の花をつぎつぎと広場に投げ入れはじめた。

花は馬車の上に、美しい二頭の馬の上に降りそそぎ、道は彩り鮮やかな絨毯《じゅうたん》と化した。馬車の窓は新鮮な空気を入れるために少し下げられており、車輪に踏まれた花が放つ香りを、キャリーも嗅《か》ぐことができた。

沿道にもうけられた仕切りの向こうには、群衆がひしめいている。

キャリーはふいにきょうという日の厳粛さにのみこまれ、畏怖《いふ》の念に打たれた。わたしはひとりの女性として愛する男性と結婚するというだけではない。わたしが結婚する相手は歴史的にも重要な役を演じ、重責を担わなければならない大公なのだ。

わたしはリュクの〝間に合わせの花嫁〟として望まない結婚を強いられるのだと思っていたときには、こういう身分の男性との結婚に何が伴うか、あるいは自分のライフスタイルがどう変わるか、などについて考えてもみなかった。この結婚は数週間で終わりを告げるはずだったから。

でもきょう、わたしはリュクの妻というだけでなく、何世紀も受け継がれてきた伝統を守る立場に身を捧《ささ》げている男性の妃《きさき》として大聖堂をあとにする運びとなる。そして国民の期待と要望にリュクが応《こた》えられるよう、伴侶《はんりょ》として協力していく義務を負う。

義務と責任。現代社会では多くの意味で時代遅れとなった言葉。でもリュクにとってはとても大事で決しておろそかにできないものだ。

周囲の華やかさとものものしい雰囲気を目の当たりにして、キャリーは恐怖に襲われた。ところが、十五世紀に建造された荘厳な大聖堂の前に馬車が止まった瞬間、穏やかで決然としたすばらしい気分に満たされた。

わたしはリュクの妻であると同時に自分自身でいよう。国を統治する大公の妃であると同時にひとりの現代女性でいよう。これまでわたしが仕事で培ってきたもの、経済ジャーナリストとしての専門知識はきっと有効に生かせるはずだ。とりわけサンタンデール公国のような国では。わたしにも相応の役割を与えてくれるようリュクに言おう。馬車のドアが開き、侍従に手を取られて外へ出ながら、キャリーは固く決意した。

大聖堂に入ると、侍従がキャリーから離れ、きらびやかな式服ではなく地味なダークスーツの男性が彼女の方へ進み出た。

キャリーはその男性に顔を向け、目を丸くした。

「お父さん……」横に立ち、娘の腕を温かく握る父に、彼女は嘘《うそ》でしょうという顔でささやいた。

「リュクが手はずを整えてくれてね。オーストラリアの奥地を旅行中に彼から連絡をもらって、これはわたしたちも出席しないわけにいかないと思ったんだ。二日前にニースへ着いたんだが、おまえをびっくりさせたいとリュクに言われたんだよ」

リュクが父をこっそり呼んでおいてくれた。娘をエスコートしてバージンロードを歩き、その手で花婿に引き渡せるように！　こみあげる涙に、キャリーの目の前の細く長い道——彼女をリュクのところへ導いてくれる道が揺らめいた。

「おまえたちが互いに少しばかり特別な感情を持っているのは昔から知っていたが、まさかこうなるとはな」父がにっこり笑ってささやいた。娘とリュクの距離が縮まったのがうれしくてたまらないという顔だった。

式のリハーサルは、細部まで注意を払って行われた。式の盛大さはキャリーの予想をはるかに上まわっていた。

ティアラはキャリーの頭の上で早くもずっしりと重くなっていた。厳かな礼服姿のリュクは堂々と誇り高く、厳格に見えた。彼の姿、その肩に決然と担われた伝統の重みには、見る者を威圧する近づきがたさがある。

誓いの言葉を述べるとき、キャリーの声は震えた。

リュクに結婚指輪をはめてもらったときには、手が震えた。

リュクのキスがそっけなかったので、キャリーは不安になって彼の顔をまじまじと見た。あの夜、中庭では、リュクは大公でも統治者でもなく、完全にひとりの男性となっていた。でもきょうこの大聖堂の中では、運命によって定められた大公としての顔しか見せてくれなかったので、キャリーは少し傷つかずにいられなかった。

「ここに汝《なんじ》らを夫婦とする」司祭が宣言した。

音楽が高らかに鳴り響き、リュクとキャリーは大聖堂の通路を戸口へと戻りはじめた。結婚式を終えた彼女は疲れきり、なぜか心細い気持ちになった。リュクにもたれかかって体に彼の腕がまわされるのを感じたい。でもこれは二人の結婚式というだけにはとどまらない、ひとつの公式行事だ。そうした儀式の厳粛さが二人の上にたれこめ、影を落としているようにキャリーには感じられた。

わたしは感情的になっているだけ。キャリーは自分に言い聞かせた。彼女とリュクが並んで戸口の前に立つと、巨大な扉が左右に開かれ、二人は初めて夫婦として民衆の前に立った。

大歓声に、キャリーは耳が痛くなった。

キャリーの手首に軽く添えられたリュクの指は冷たかった。そろいの式服を着た従僕たちは、キャリーが馬車に乗りこむのに手を貸した。

馬車には並んで座るスペースがなかったため、リュクはキャリーと向かい合って腰を下ろし、すぐに群衆の方を向いて歓声に応えた。キャリーも少しはにかみ、ためらいはしたものの、彼にならって手を振った。たちまち歓声が大きくなり、人々が花を投げはじめたので、城に着いたときには馬車の中は投げ入れられた花でいっぱいになっていた。暑さのせいで、花はすでにしおれはじめていたけれど。

いささか神経過敏になっているキャリーは、急に物悲しさをおぼえた。リュクに触れてほしい、大丈夫だと励ますように。その礼服と威圧的な外見の下にはわたしの愛する男性がいる、わたしを抱きしめ、喜びを与えてくれた男性がいる。そう確認できる目で見てほしい。彼女はリュクの顔をちらりと見た。しかしいま、彼の注意はすべて歓声をあげる群衆に向けられているようだった。

キャリーはすでに疲労困憊《こんぱい》していたが、これからまだ結婚披露宴が待っている。

城の正面で馬車が停止すると、キャリーは身を乗り出してリュクにささやいた。「父を呼んでくれてありがとう。言葉では言い表せないくらいうれしかったわ」

彼女の感激をよそにリュクは顔をしかめ、ぶっきらぼうと言ってもいい口調で応じた。「もちろんきみのお父さんには参列してもらう必要があった。さもないと、あれこれ憶測や噂《うわさ》が飛ぶことになったはずだ」

キャリーは不安な面持ちでリュクを見た。彼はなぜ急に、わたしに対してこんなに堅苦しくよそよそしい態度をとるようになってしまったのだろう。これが形式を重んじる堅苦しい儀式だということはわかっている。でも、二人だけでこっそり話ができるこの貴重な時間に、いくらかの優しさを見せてくれてもいいのに。彼だってわたしと結ばれるのを待ち焦がれていたはずでしょう？　夫婦として、愛し合う二人として。

「キャリー！」

招待客を出迎えようとしていたキャリーは、弟夫婦を見て、驚きと喜びに目をみはった。

ハリーから、そしてマリアからも抱擁とキスを受けながら、キャリーは当惑の面持ちで二人を見つめた。

「父さんと同じ便で飛んできたんだ」ハリーがうれしそうに説明した。「リュクがすべて手配してくれてね」

「わたし、リュクを幸せにしてくれる人が現れるよう願っていたけれど、まさかそれがあなたになるとは夢にも思わなかったわ」ハリーと同じくらいにこにこしながら、マリアが口をはさんだ。「ハリーとわたしが農場を買えるよう、信託財産の一部を引き出させてほしいと頼んだとき、リュクが二つ返事で承諾したのも不思議はないわ。わたし、リュクにその申し入れをするのが怖くて仕方なかったんだけど、わたしの信託財産の管理は彼にまかされているから、黙っているわけにはいかなくて。でもその話をしたときには彼、あなたとのことはひと言も口にしなかったのよ。わたしたちが式について知ったのは、リュクがあなたのお父さまに電話してからなんだから」

招待客の列が前へ進みたがってそわそわしはじめ、ハリーとマリアはキャリーが何も返事できずにいるうちに歩き去ってしまった。キャリーがリュクを見ると、彼はかなり年配の、独裁者然とした男性と話をしているところだった。

「ルクセンブルク大公家の人間だよ」父がキャリーに耳打ちしてから眉をひそめた。「サンタンデール公国が政治不安を抱えているというのは本当かね、キャリー？　ここへ来てから、穏やかでない会話の断片を二、三、小耳にはさんだんだが。オーストラリアにいるあいだに、わたしもすっかり世事に疎くなってしまったようだ」眉間《みけん》のしわが深くなる。

「リュクが退位するのではという声も聞こえてきたが、わたしに言わせればそんなことは絶対にあり得ない。リュクにとってこの国はすべてだ」

「いくつか問題はあるのよ」キャリーは認めたが、

そのとき招待客の列が動いたので父との会話はそこまでとなった。

次に列の先頭に立ったのはジェイだった。きょうの彼はどこから見てもアメリカ人で、リュクとの体つきの違いもふだんより際だって見える気がした。

彼はキャリーの前に出ると、ウィンクした。

「ずいぶん古風でものものしい儀式だね、これは」小声でからかうように言ってから、ジェイは披露宴会場へと入っていった。

ようやくすべてが終わった。キャリーは重いドレスとティアラから一刻も早く解放されたくてうずうずしていた。この二時間、リュクと二人で招待客の間をまわりつづけたが、やっとそれぞれのスイートに戻ってハネムーンの支度にかかれる。

ベニータは興奮に息を切らしながら、キャリーの着替えを手伝った。

「お荷物はもう港へ運んでヨットに積みこんであります」ベニータがうれしそうに告げた。「ああ、それにしてもお美しかったです、キャリーさま。誰もがそう申してました。おとぎばなしから抜け出したプリンセスのようでしたよ！」

キャリーは疲れ果てて答える元気もなかった。この堅苦しい一日から――そして堅苦しいこのドレスから――解放されたいという欲求は肉体的な苦痛にも等しくなっていた。リュクに会いたくてたまらない。人目をはばかることなく二人きりになりたい。

晴れて夫婦となったというのに、きょうの彼は驚くほどよそよそしく、避けて通れない儀式を黙々とやり抜く見知らぬ男性のようだった。

ずっしりと重い盛装を脱ぎ捨てると同時に、キャリーは心にのしかかる陰鬱《いんうつ》な思いもきっぱり振り落とすことにした。もうあと少しで、わたしとリュクは妻と夫として二人きりになれる。きょう行われたのは公式の式典であり、リュクはわたしにはなじみのない公の役割に徹した。でも今夜、わたしたちは対等の立場で向き合う。男と女として、愛し合う者同士として！　うれしくて心臓が止まりそうになったかと思うと、今度はこみあげてくる期待と切望に胸が早鐘を打ちはじめた。

リュクの要請で事実上マスコミは締め出されているので、〝新婚旅行出発〟の写真を撮られる心配はなく、服装も自由に選べた。キャリーは白いシルクのイブニングパンツとホルターネックのやわらかなシフォンのトップに着替え、その上にパンツとそろいのシルクのイブニングジャケットをはおった。とても優雅で洗練されていて、それにさりげなくセクシーな装いだ。ホルターネックのひもは首の片側で蝶《ちょう》結びにしてある。リュクの引き締まった指がその結び目をほどく場面を想像しただけで、彼女は心臓が飛び跳ねて体がうずき、それまでの疲労が急に吹き飛んだ。

スイートのドアを短くノックする音がして、キャリーははっと息をのみ、緊張した。リュクかしら？　だが、ノックしたのはリュクの補佐官のひとりだった。キャリーは少しがっかりした。彼は丁重に告げた。人目を避けるため、そして慣例に従うため、ヨットまでは別々に行動したいと殿下がお望みです、と。

キャリーは礼を述べ、自分に言い聞かせた。リュクと同じ車でマリーナに行けないからといって、意気消沈して、自分がないがしろにされたと思うのはばかげてる。もうすぐ二人は一緒になれるのだから。今夜だけでなく、これからずっと。

海辺の優雅なカフェやレストランはどこも満員だった。マリーナの夜景用に設置された照明が、高価なブランド物の服で装った女性やエスコートする男性でごった返すその界隈《かいわい》を、さらにきらびやかにしている。

ベニータの話では、最近のマリーナには国のエリートたち、とりわけ若い面々が好んで出入りするという。いまやサンタンデール公国は誰もがうらやむ粋《いき》でしゃれた雰囲気の漂う国となったわけだ。キャリーはジェイのヨットの前に止まった車の中でそう思った。

この国があこがれの租税回避地《タックスヘイブン》と呼ばれるのも不思議はない。でもいまリュクが直面している問題はその名声を危険にさらしかねない。

ヨットに乗りこむときにはリュクが出迎えてくれるものとキャリーはひそかに期待していたが、その期待はかなわなかった。

キャリーを迎えたのはヨットの乗組員のひとりだった。彼はキャリーをオーナー用の広々としたスイートに案内した。そこでは船室係が彼女を歓迎しようと待っていた。


船室係の案内で部屋の最新式設備を見てまわるあいだ、キャリーは彼を気遣って笑顔を絶やさないようにしたが、内心はリュクがここに一緒にいてくれればいいのに、ということしか考えられなかった。スイートには専用のバスルームと化粧室はもちろんのこと、ジャグジー完備の専用デッキまであった。

金に糸目をつけない、まさに享楽主義者の夢を現実にしたようなヨットだとキャリーは思った。すでに立ち去った船室係によれば、一時間後にデッキでカクテルが出され、続いて新婚の二人を祝うためにシェフが腕をふるった特別ディナーが供されるということだった。

キャリーはスイートの居間をいらいら行ったり来たりした。乗船して一時間が過ぎたというのに、いまだリュクが現れる気配はない。不安が募り、何度も船室係に尋ねてみたものの、リュクの所在はいっこうにわからなかった。足の下に動きを感じて、彼女ははっとした。船室の窓に駆け寄ると、ヨットが一気に加速して外海へと向かい、マリーナと陸地がどんどん遠ざかっていくのが見えた。

もう出航したんだわ！

キャリーは激しく動揺した。これ以上じっとしてはいられない。彼女はドアを開けてスイートを飛び出し、廊下を走ってデッキに上がった。船橋まで行って、いったいどうなっているのか、リュクはどこにいるのか、船長を問いつめよう。

ヨットは速度を上げ、踵《かかと》の高いミュールを履いたキャリーはデッキを歩くのもおそるおそるになった。そのとき急に前方にリュクの姿が見えた。船橋から出てきたばかりの様子で、こちらに背を向けている。安堵《あんど》がこみあげ、彼女は興奮して彼の方へと駆け出した。

「リュク！」声が届くところまで近づき、キャリーは嬉々《きき》として叫んだ。

リュクが立っているあたりは薄暗かったので、彼が歩き出そうともせず、ただこちらを見つめているのを見ても、彼女は一瞬、とまどいをおぼえただけだった。ところがキャリーが手を伸ばすと、リュクは顔をそむけた。

「リュク?」キャリーは彼のジャケットの袖《そで》に手をかけた。「リュク、いったい……」

11

でも、この人はリュクではない。キャリーはすぐに気づいた。この指先が触れているのは、リュクの腕ではない！　それはわたしの体が知っている。

血液の流れが氷のように冷たく、遅くなり、恐怖に全身が震えた。

その男性がキャリーに顔を向けた瞬間、のろのろと流れていた血が一瞬で凍りついた。

「ジェイ？」信じがたい思いに、キャリーは目をみはった。

船室係が通路をやってきて、堅苦しい口調で告げた。「お夕食はあと三十分でご用意できますとシェフが申しております、殿下。食前のお飲み物はデッキで召し上がられますか、それとも広間のほうにいたしますか？」

殿下？　キャリーは呆然《ぼうぜん》としながら、ジェイがぼくは殿下ではないと否定するのを待った。ところが驚いたことに、彼はただうなずき、リュクの落ち着き払った口調をうまくまねて言った。

「広間でもらうことにしよう、ありがとう。わたしたちは五分後に下へ行く」

すかさずキャリーは何か言おうとしたが、ジェイに腕をつかまれた。痛くはなかったが、彼の警告がはっきり伝わってくるつかみ方だった。

キャリーはとっさにその警告に従った。船室係が立ち去ってから、彼女は語気も荒く問いかけた。

「ジェイ、どういうことなの？　リュクはどこ？　船室係はなぜあなたをリュクだと思っているの？」

ジェイは何も答えない。キャリーはぞっとするような不吉な予感に襲われた。ふいにリュクの言葉が脳裏によみがえってきた。〝活動家たちの背後には黒幕がいて、自らの目的のために彼らを利用している気がする〟強い疑念がこみあげ、キャリーは胸が悪くなった。

拳《こぶし》を握りしめてジェイから離れ、半狂乱で問いつめる。「あなた、リュクに何をしたの？　彼はどこなの？　リュクを傷つけたりしたら、許さないわよ！　こんなことをしてただですむと思っているなら大間違いですからね、ジェイ！　リュクを……片づけて彼になりすますなんて、たとえあなたが大富豪だろうと……」

涙声になりながら、彼女は猛然と続けた。

「リュクになりすますなんて許さない。絶対に」

にこりともしないジェイの意味ありげな目つきに、キャリーは恐怖を感じた。自分の身を案じてではなく、リュクの身を案じて。

「夕食をとりに行こう、さもないとシェフがひどく気を悪くするだろうから」ジェイは冷静な声で提案した。

キャリーは彼を凝視した。

「ジェイ、シェフがどんなに気を悪くしようとわたしはかまわないわ」彼女は食ってかかった。「リュクに何をしたのか、あなたはどうして彼になりすまそうとしているのか、いますぐ言いなさい」

ジェイがいかにも彼らしい、いたずらっぽい顔でにやりと笑った。

「まったく威勢のいいレディだな」感心したように言う。「ぼくの従兄《いとこ》はついているよ。きみは本当にリュクを愛しているんだね？」

「あの人に何をしたの、ジェイ？」キャリーは彼の問いかけを無視してきいた。

驚いたことに、ジェイはいきなり吹き出し、首を横に振った。

キャリーの腕を取って、彼は言った。「それは食事をしながら話そう」

話ならいまここで、とキャリーは食い下がろうとしたが、ジェイの表情には有無を言わせぬ力があった。

「ワインリストをご覧になりますか、殿下？」

差し出されたリストを冷ややかに傲慢《ごうまん》な態度で受け取り、手早くワインを選ぶジェイを、キャリーはいまにも殺してやりたいといった目で見た。しかしジェイの態度は、認めるのもしゃくなほどリュクにそっくりだ。

キャリーはジェイをののしりたくてうずうずしていた。

このヨットの船長や乗組員は、彼がリュクでないことを知っていて当然でしょう？

彼女の心を読んだかのように、ジェイが甘い声でささやくのが聞こえた。「一応言っておこう。きみのことだからきっと首をかしげているに違いないが、いつもこの船に乗船しているクルーには長期の休暇を出したんだ。代わりのクルーが知っているのは、このヨットが大公の億万長者の従弟《いとこ》のものであること、そして大公殿下の十日間の新婚旅行のために貸し出されたということだけだ」

恐怖がキャリーの胸に爪を立てた。

「こんなことはまかりとおらないわよ、ジェイ。リュクになりすまして、ただですむなどとは……」

ジェイが眉を上げるのを見て、キャリーの胃は凍りついた。

もしも手遅れだったら？　もしリュクがもう……。

キャリーは乾いた唇を濡《ぬ》らした。いいえ。それなら、わたしにはわかるはず、感じるはずよ、リュクがもう生きていないのなら。それだけは自信がある。わたしはこんなにも彼を愛しているんですもの。彼がこの世を去ったのなら、虫の知らせでわかるはずだわ！

先ほどの船室係がボトルを手に戻ってきた。ジェイがワインのテイスティングを行うあいだ、キャリーは気も狂わんばかりの不安の中で待たなければならなかった。

「この大変特別な夜のディナーは、勝手ながら事前にオーダーさせてもらったよ」ジェイがリュクをまね、ハスキーで情熱的な声で言った。

船室係が今度はシャンパングラスをのせたトレイを手に、部屋の反対側から戻ってきた。

ジェイは礼を言い、キャリーにグラスを渡してから、自分のグラスを取った。

「乾杯！」彼は芝居じみた声をあげた。「わが美しき花嫁に」

船室係が慎み深く退室すると同時に、キャリーはジェイをにらみつけた。

「わたしはあなたの花嫁じゃないわ」ぴしゃりと言う。「もうたくさん、こんな……こんな茶番は」

「まもなく食事が運ばれてくる」ジェイは冷静だった。「警告するが、リュクのためを思うなら、給仕が終わるまで、ぼくがリュクであるかのように振舞いたまえ」

警告ですって！　唇をきっと引き結びつつ、キャリーは彼の言葉に従った。リュクの身に何が起こっているにせよ、わたしが最初に恐れたように命の危険にさらされているわけではなさそうだ。でもいったい何が起こっているの？

「コーヒーのお代わりは、ダーリン？」

まだそばにいる船室係を意識して、キャリーは感じよくほほ笑んだが、そのつくり笑顔の下でジェイをにらみつけた。

「いいえ、結構よ」歯を食いしばって答える。

ジェイがにやりとして船室係に告げた。「ありがとう」

とう、もう下がっていい。シェフにわたしたちからの感謝の言葉を伝えておいてくれ。食事は本当にすばらしかった。そうだろう?」

「忘れがたいひとときが過ごせたわ」それは嘘《うそ》ではない。

船室係の姿が消えてドアが閉まった瞬間、キャリーは口を開いた。

「どういうことなの、ジェイ? これ以上の言い逃れや引き延ばしはやめてちょうだい。あなたは大いにお楽しみのようだけれど」

「はっきり言って楽しむどころじゃないよ」ジェイは急に真顔になった。「これはゲームじゃないんだ、キャリー。リュクにとってはリスクの大きい計画だ」

「リュクにとっては?」キャリーはきいた。「どういう意味? 説明してちょうだい」

精いっぱい気丈に振る舞っていたつもりだったが、キャリーの声はわずかにうわずった。

ジェイが彼女の顔をちらりと見た。いま彼の目に浮かんだのは哀れみだろうか?

「いいだろう。こうなることはリュクにも警告したし、ぼくとしてはあらかじめきみに話しておいてほしかったんだ。でも彼は前もって打ち明けたら、きみがうっかり計画をもらさないとも限らないと心配した。国内急進派の活動家たちにリュクが手を焼いてきたことはきみも承知しているだろう? おそらくその理由も。彼らはサンタンデール公国に存在する秘密口座に抗議しているんだ」

キャリーは眉をひそめながら、うなずいた。

「活動家たちはそうした秘密口座の持ち主をこの国から追放しなければ、リュクを退位に追いこみ、いかがわしい口座を非合法にする政府をつくると言っている」

キャリーはジェイが言おうとしていることをよく

考えてみた。

「でもリュク自身がその手の口座を非合法としたいと思えば、法案を通せばいいんだわ。きっと――」

言いかけたキャリーに向かって、ジェイが首を横に振った。

「できるさ、法律的には。しかし口座の持ち主たちは強力で危険な連中だ。どこへでも手をまわせるし、受けた仕打ちをそう簡単には忘れないだろう。リュクとしてもこの国を、攻撃と反撃が繰り返される流血の地に変えることだけはなんとしても避けたい。復讐《ふくしゅう》の標的になるのはリュクだけではすまないからね」

青ざめるキャリーに、彼は暗い顔でうなずいた。

「リュクは連中を怒らせるわけにはいかないんだよ。自分のためだけじゃない、自国民の生活と安全のためだ。リュクは活動家たちにその危険性を指摘しようと努めたが、彼らは聞く耳を持たなかった。そこで、こうなったら口座の持ち主たちと交渉する手段を見つけて、自主的に口座を引き上げてくれるよう説得するしかないとリュクは考えたんだ。とはいえ、それをおおっぴらにやれば、活動家たちとさらにもめることになる。彼らは、リュクが秘密口座の持ち主たちに迎合し、陰で連中を支えていると主張するだろう」

「リュクは絶対――」

「そんな男ではない」ジェイは即座に言葉を継いだ。「だがリュクの祖父が連中と深く結びついていたという噂《うわさ》が広まっているらしい。実際はそれほど深く関係していたわけじゃないんだが。そして活動家の多くが信念を純粋に貫こうとしているいっぽうで、彼らの中にはサンタンデール公国の統治者であるリュクの失脚をひそかに狙《ねら》っている一団がいるらしいんだ。その一団は秘密口座の道義的問題などたいして気にしちゃいない。リュクを退位させて国を乗っ取ろうと考えている。おそらく公にではなく陰から支配するんだろうが、その計画の隠れみのとして利用しているだけだ。サンタンデール公国はいろいろな意味で特異な国だから、金もうけに利用したい人間にとってはチャンスとうまみに満ちた場所なのさ！」

「言いたいことはわかるけれど」キャリーは口を開いた。「だからといってどうしてあなたがリュクになりすます必要があるの？」

「それはまあ、最初は正直ぼくも首をかしげた。でもリュクに説き伏せられてしまったんだ。秘密口座の持ち主たちに会って、連中を立腹させることなく話をつけるには、時間と隠密《おんみつ》行動が必要だ、とリュクは言ってね。婚礼とそれに続く新婚旅行は、こっそり国を抜け出して必要な交渉と協議にあたるための絶好のチャンスだと彼は考えた。それにはリュクを装った人物が新婚旅行に出かけるところが目撃されなければならない。そこでぼくがこの計画に巻きこまれることになったわけだ。もちろん、当初の予定では結婚相手はマリアのはずだったんだが」

ジェイは軽率にも打ち明け、小さく肩をすくめた。キャリーは胃の奥に氷のように冷たい、刺すように鋭い、小さなしこりができるのを感じた。

「ところがその矢先、マリアがきみの弟と駆け落ちして計画はご破算になり、リュクは……」

「わたしと結婚するよりほかなかった」キャリーはジェイの言葉を引き取り、静かに締めくくった。

ジェイが困った顔になった。

「いや、それはもちろんそうじゃなくて……。きみとリュクは昔恋愛関係にあり、再会して気持ちにふたたび火がついたわけだから。リュクにとって事態は複雑になっただろうが、最初の計画をやり抜く決意は変わらなかった」

「そうでしょうとも」キャリーは冷ややかに言った。

一度ならず二度もこんな目に遭うなんて。ああ、いったいなぜわたしは事ここにいたる前に気づかなかったのだろう？

リュクがわたしとベッドをともにしようと必死だったのもうなずける。あのときすでにわかっていたはずだもの。マリアが信託財産の引き出しを要求してきた以上、ハリーを破滅させるという脅しは効き目がなくなった、と。リュクのことだから、それに代わるさらに強い力でわたしを拘束しようと考えたのだろう。それもわたしがしぶしぶではなく、喜んで彼のそばにいるように！　なんてずる賢い……なんて冷酷な！　そして赤ん坊が死んだことまで利用して、こちらが彼にすがりつくよう仕向けるなんて……。

いっぽう愚かなわたしは、リュクがわたしのことを気にかけてくれていると信じてしまった！　彼はこれっぽっちも気にかけてはいなかったのに！　その昔、伯爵夫人にわたしを追い払わせたときと何も変わっていない。あのときわたしを利用したように、彼はまたわたしを利用している。問題が片づけば、ふたたびほうり出す気に違いない。

「ショックだろうね。わかるよ。でもきみに黙っているのはリュクにとっても非常につらい決断だったんだ」

怒りで息が詰まり、キャリーは口をきくことすらできなかったが、激しい怒りをなんとかのみこんでジェイにあいづちを打った。

「ええ。そうだったでしょうね」

「彼はきみを守りたかったんだよ」

利用したかったのよ。キャリーは内心思ったが、もちろん声には出さなかった。

「新婚旅行にぼくのヨットを使うのは名案だったと思わないか？」ジェイが意気ごんできいた。「それを思いついたリュクには脱帽だよ。ああ、ところで言っておくが、ぼくはきみのキャビンとつながっている隣のキャビンで眠らなければならない。もちろん、間のドアは航海中ずっと閉めたままにしておくが。十日のうちにリュクの交渉が完了することを願おう。リュクもすでに活動を開始しているはずだから、言うまでもなく……」

「言うまでもなく」キャリーは繰り返してから、きわめてていねいな口調で続けた。「きょうは長い一日だったから、もうやすませていただいていいかしら？」

こんなときでなかったら、いかにもほっとしたジェイの表情に、キャリーは笑いたくなったに違いない。

「きみは本当によくやってるよ、キャリー」ジェイは熱のこもった声でキャリーを褒めた。「白状すると、ぼくがリュクではないと気づいたとき、きみがどう反応するかちょっと心配だったんだ」

「でもリュクはそんな心配はしなかったわけね？」キャリーはきかずにいられなかった。

ジェイの目つきから、自分が意図した以上にとげとげしい口ぶりになってしまったのが、キャリーにもわかった。

「リュクに選択の余地はなかった」ジェイは従兄を弁護した。「きみを守るには、きみが知らないほうが安全だと思ったんだよ」

「ええ、本当に！　すごく〝守られている〟気がしたもの、彼が危険にさらされているに違いないと思ったとき」キャリーの口調は冷ややかだった。

「きみはリュクを死ぬほど愛してるんだね」ジェイがかすれた声で言った。

「ええ、愛していたわ」キャリーは返事をする前に顔をそむけたので、ひっそり答えたその声はジェイの耳には届かなかった。

キャリーは腕時計を見た。あと数時間でヨットはマリーナに着き、〝ハネムーン〟は終わる。

この十日間、ジェイは彼女を楽しませようと最大限の努力をしてくれた。船には小さいながらもジムがあり、新刊本や最新のＤＶＤもそろえてあったし、ジェイは深海釣りまで教えてくれた。でも彼の尽力にもかかわらず、キャリーの頭を占領していたのはリュクのことだった。彼がキャリーにした仕打ち、平気で彼女を利用したという事実だった。

キャリーが違うタイプの女性だったら、復讐を企てて自分を支えられたかもしれなかった。そう、リュクにどんな目に遭わされたか、くよくよ考えてばかりいないで、復讐の段どりでも考えればよかったのだ。彼と過ごすはずだった巨大なベッドでまんじりともせず過ごした長い夜、なんとかリュクへの愛を断ち切ろうと努力していたなんて。ああ、わたしが復讐を考えられるような女だったらよかったのに……。

みじめな気分でキャリーは考えた。いつになったら泣かずにすむようになるのだろう。胸の奥深くが血を流しているみたいに泣かなくてもよくなる日は、いつ来るのだろう！

リュクは重苦しい表情で、これといった特徴のない小さな部屋の窓から外を見た。偽名を使ってこの部屋を予約したが、今夜すべてが望みどおりに運べば、もうここに泊まる必要はなくなる。サンタンデール公国の銀行から資産を引き上げるという合意書を例の秘密口座の持ち主たちから受け取り、帰途につくことができるのだから。

この十日間、努力がすべて無駄に終わるのではないかと不安に駆られたことが何度もあった。交渉相手の怒りに満ちた表情や言葉が、あまり話を急《せ》いてはまずいとリュクに警告していた。

結局、彼にとって最後の切り札は、正体を暴露するという脅しだった。

「ご自身の利益のために、この機会に資産を移されることをお勧めする、静かに、こっそりと」リュクは彼らに言った。「万一あなたがたの正体を知られてしまったら、安全は保証できない。サンタンデールの反乱分子が動くだろう」

「反乱分子なら制圧すればいい」

一度は冷ややかに言葉を返され、リュクの胃は重苦しくなった。しかし、相手の射すくめるような視線から目をそらしたりはしなかった。

打ち合わせどおり、ジェイには連絡をとらなかったが、洋上の人々のことを忘れていたわけではない。とりわけその中のひとりのことは！

キャリー！　計画は万全で、穴はひとつもなく、すべてがコントロールされていると思った。あの日、執務室の窓から、広場に立つ彼女を目にするまでは。


そしてぼくは……。

携帯電話が鳴ったので、リュクは緊張した。電話をさっと開いて耳に当てる。

「彼らは同意した」電話の向こうの相手はそれしか言わなかったが、それだけで充分だった。

リュクは貸し部屋に最後の一瞥《いちべつ》を投げた。ありがたい！　どうやらすべては望むとおりに運びそうだ。

12

足元の床が揺れないのが不思議な感じだ。城に戻ってすぐに案内されたとてつもなく広い寝室の真ん中に立ち、キャリーは思った。ここがわたしの新しい寝室、妻の寝室なのだ。視線が自然にリュクの寝室へと通じる両開きの扉に引き寄せられる。

リュク！　キャリーは暗い表情で、毛足の長い絨毯《じゅうたん》を横切り、窓辺に立った。先日まで使っていた部屋と同じく中庭を見下ろせるが、違うのは大きなバルコニーをリュクの寝室と共有している点だった。

キャリーは部屋に運んでもらったアイスティーのグラスを取って口をつけた。闇《やみ》にまぎれ、車で城に帰ってきたのは一時間ほど前だ。〝ハネムーン〟から彼女がひとりで戻ってくるわけにはいかないから、リュクは城にいるに違いない。でもキャリーはまだ彼の顔を見ていなかった。

寝室の廊下側のドアが控えめにノックされたので、キャリーは緊張の面持ちで振り返った。ベニータがドアを開けに行ったが、そこに立っていたのは従僕だった。

「大公殿下が、いまは会議中で席をはずせないことをおわび申し上げたいそうです。ただし一時間後には夕食の席で妃殿下に合流されるとおっしゃっています」従僕は堅苦しい口調でベニータに告げた。

キャリーの唇に苦い微笑が浮かんだ。わたしにわびを入れてくるなんて、ずいぶんと思いやりがあるのね。そしてひどく偽善的だわ。

キャリーの心は深い苦悩に満たされていた。思いのたけをリュクにぶつけたいという願いによってかろうじて支えられている気がする。彼女は夕食に同席するのを断りたいという誘惑に駆られたが、彼に何もかもぶつけたい気持ちがそれを上まわった。

自尊心と、女としての焼けるような怒りにつき動かされ、キャリーは晩餐《ばんさん》のための身支度にかかった。・ベニータはいかにもうれしそうだった。キャリーが、サンタンデールへ来るときに持参した実用的な下着ではなく、官能的で挑発的なそろいのショーツとブラジャーを選んだからだ。

ブラジャーはホルターネック・タイプで背中が大きくくれたデザインだ。申し訳程度に胸を覆うクリーム色のシルクが、赤みを帯びて日焼けした肌に優しく触れた。ローウエストのショーツはごく短いボクサーショーツスタイルだ。そこから伸びるなめらかな脚は、キャリー専用の日光浴スペースで長時間過ごしたせいで美しく日焼けしており、ストッキングで覆い隠す必要などなかった。

キャリーは今夜の衣装として、ヨットに乗りこんだ最初の夜と同じ服を選んだ。リュクを罰したいからだろうか。それともわたし自身を懲らしめたいから？

キャリーは従僕に付き添われて食堂へと向かったが、案内されたのはいつもの格式ばった大食堂ではなく、狭くて居心地のよさそうな一室だった。

従僕が一礼して退室し、ひとり残されると、キャリーはたまらない不安感に襲われた。

部屋にともされた明かりはバニラの香りのろうそくが数本だけだ。壁は背もたれの高いダイニングチェアに調和する鮮やかな赤のダマスク織りのクロスで覆われ、凝った装飾の金縁の鏡が何枚もかかっている。

ほどなく部屋の反対側の扉が開き、リュクがさっそうと入ってきた。

キャリーは無言で彼を観察した。少し顔が痩《や》せただろうか。高い頬骨が前よりも目立つようになったみたいだ。

リュクが近づいてきてキャリーの両手を取り、顔を寄せた瞬間、彼女の体はこわばった。身じろぎもせず彼を迎えたキャリーは、最後の瞬間わずかに体をかわした。そのためリュクが彼女の唇にしようとしたキスは頬をかすめるだけに終わった。

いぶかしげに細められたリュクの目が、熱くけぶった。わたしの反応の意味がわからないとでもいうの？　まったくこの人の傲慢《ごうまん》さにはあきれるわ！　彼は自分がどんなに幸運かわかっていないのだろうか？　わたしに自尊心と自制心がなければ、苦しみにまかせて怒り狂い、彼のなめらかな肌に爪を立て、わたしの心と同じように血を流すまでひっかいてやるところだ。

「きみを出迎えられなくてすまなかった」リュクがけぶるような声で言った。「あいにく会議が長引いてしまって。今夜はこの部屋で食事をすれば、もっと二人でくつろげると思ったんだ」言葉を継ぎながら、彼はキャリーの手を放し、丸テーブルの端に置かれたワインクーラーのところへ行った。

リュクはヴィンテージもののシャンパンのボトルを手際よく開け、クリスタルの細長いグラス二つを満たして、それを両手に持って戻ってきた。

彼はひとつをキャリーに手渡した。「ぼくたちに、そして――」

ディナーの到着を告げる控えめなノックの音に、リュクは口を閉じた。

食事中、プライベートな、あるいは親密な会話はいっさいできなかった。従僕二人がつねにそばにいて、さまざまな料理がテーブルへ運ばれ、あるいは下げられたからだ。だがキャリーは少しも急いでいなかった。リュクにすべてをぶつけるそのときを、彼女は楽しみに待っていた。

キャリーは空腹も感じなかった。どの料理もひと口食べるのがやっとだった。

「どうかしたのか？」彼女の皿が、どれもほとんど手つかずのまま下げられるを見て、リュクは眉間《みけん》にしわを寄せた。

「どうかしたのかですって？」キャリーはあきれて彼の顔を見た。「本気できいているの？」初めに飲んだシャンパンの泡のように、怒りがふつふつとわき上がってくる。「あなたは――」

非難を浴びせようとしたそのとき、従僕がふたたび姿を現した。キャリーはワインを飲んで気持ちを落ち着かせ、さらにもうひと口流しこんだ。

ようやく食事が終わると、リュクは従僕たちを下がらせた。

「コーヒーは？」彼はテーブルの上にあるポットを指さした。

キャリーは口がきけるかどうかわからなかったのでかぶりを振った。

キャンドルの炎を揺らめかせてリュクが席を立ち、先ほど入ってきた扉へ向かった。

「おいで」彼が優しく声をかける。

キャリーはにこりともせず近づいていった。

「リュク――」語気も荒く食ってかかろうとしたキャリーに彼が片腕をまわし、耳元でささやいた。

「今夜のきみがどんなに美しいか、もう言ったかな、キャリー」

渇望をむき出しにして首の横にキスをする彼に、キャリーは体が震え出した。

リュクが自由になるほうの手でドアを開けると、その奥に寝室が現れた。

「この十日間、こうしたいと何度夢見たことか」リュクはうめき声をあげて彼女の顔をてのひらで包み、荒々しく唇を奪い、男性的に情熱的にキスをした。

心は怒りに荒れ狂っていたが、キャリーは彼の腕の中では微動だにしなかった。反応のないことにリュクも気づいたのだろう、彼女を抱く腕の力がゆるんで唇が離れた。

「どうした？」眉をひそめて言う。

「どうした、ですって？」キャリーは彼をにらみつけた。「本当にきかなければわからないの？ あなたはわたしが真実に気づかないと、本当に思ったの？」

リュクの目が閉じ、そしてふたたび開いた。

「キャリー、話すわけにはいかなかったんだ。ジェイがすべて説明したはずだ。きみは理解しなければ――」

「理解しなければ？」冷ややかに侮蔑《ぶべつ》をこめて、キャリーはさえぎった。「いいえ、リュク、理解しなければならないのはあなたのほうよ。わたしはあなたの思いどおりに利用されたりはしないということを」

「キャリー、ぼくには選択の余地はなかった。国に対する責務が――」

「最優先されるから。ええ、そんなこと、言われなくてもわかってるわ。ご参考までに申し上げると、わたしの第一の責務は自分自身を守ることよ！」

「キャリー、ぼくはこれまできみを危険な目には一度も遭わせなかった。今後もきみを危険にさらすことはない」リュクの声が優しくなる。彼は急にうめいた。「ああ、キャリー！ キャリー！ なぜぼくたちはけんかなどしているんだ？ いまぼくがしたいのはきみを両腕に抱き……ただ……」最後は声がかすれる。リュクはキャリーの不意をついて彼女を抱き上げ、寝室に入って足でドアを閉めると、大きなベッドまで運んだ。

仰向けに寝かされたキャリーは、リュクの重みで身動きできず、唇を奪われて話すこともできなかった。彼は激しくむさぼるようにキスしながら、ホルターネックのトップの蝶《ちょう》結びをもどかしげに引っ張った。ハネムーンの最初の夜、キャリーがその服を身につけたとき思い描いたとおりに。

キャリーは燃えるような怒りを感じていた。しかし体は早くもそれを裏切り、この先に訪れるだろう白熱の喜びにうずいて、リュクの熱情に応《こた》えようとしている。まるで頭と感情から完全に独立しているようだ。

キャリーの肌にリュクが指を広げるのが見え、その熱に肌が反応した。

リュクの手が繊細なレースのブラジャーを押しのけ、唇が肌を焦がす。しかしなめらかな日焼けした胸の丸みがあらわになった瞬間、彼はぴたりと動きを止めた。

「上半身裸で日光浴していたのか！」それは問いかけではなく断定で、その鋭い言い方に、キャリーはいやな予感をおぼえた。「ジェイと一緒に？」

キャリーはリュクを見つめた。まるで本当に嫉妬《しっと》しているような口ぶりだ。

「わたしはクルーズに出ていたのよ、リュク」彼女は相手に思い出させるように言った。「ハネムーンクルーズを夫と一緒にしていることになっていたんですから」

「きみの夫はぼくだ」

「いいえ」キャリーは冷ややかに答えた。「あなたはわたしと結婚した男というだけよ、リュク。あなたはわたしの夫じゃないし、これからも永遠に違うわ」

怒りと不信にリュクの目が陰る。

「いったいきみはなんの話をしているんだ？」

「あなたは冷酷にも計画的にわたしを利用した、という話をしているのよ。さぞ番狂わせだったでしょうね。結婚まで持ちこむ手段として、ハリーを痛い目に遭わせるぞ、という脅しが使えなくなったことは！」

キャリーはベッドの上でリュクに組み敷かれたままだったが、彼が頭を上げ、キャリーの顔をじっと見下ろした瞬間、二人の間に冷たい空気が流れたのがわかった。

「否定しようとしても無駄よ、リュク。マリアが農場を買うお金を信託財産から引き出すのに、あなたの許可が必要だったということは聞いたわ。マリアから電話があったとき、あなたは考えたはずよ。金融街《シティ》の仕事を失ってもハリーはもう困らない、それをわたしが知るのも時間の問題だ、と。ところが運命はあなたに味方した。そうでしょう？　まさにあなたが必要としていたものを伯爵夫人が渡してくれたんですもの。ほっとしたでしょうね、リュク！　計画のかなめとなっていた結婚が取りやめにならないよう、わたしに見せかけの同情と理解をわずかばかり見せて、自分を責めているふりをすればよかったんですもの」

キャリーの唇がゆがんだ。

「脅しとセックス。二つの最強の武器を、あなたはひるまず使った。そうよね、リュク？　そうしないわけにいかなかったんでしょう？　なんといってもあなたには国に対する責務があるわけで、それが何よりも誰よりもはるかに重要なのだから。でもわたしにとっては違うのよ。それに――」

「ばかばかしい」リュクが乱暴にさえぎった。「なぜそんな話を勝手にでっち上げるんだ、キャリー。わからないのか、きみの言いがかりがぼくをどんなに侮辱しているか。どんなに傷つけているか」

「傷つける？」キャリーは軽蔑の目を向けた。「痛いところを突かれただけでしょう。ところで、お望みのものは手に入ったのかしら？　交渉はうまくいったの？」

リュクは顔をしかめ、短く答えた。「ああ、うまくいった」

「よかったわ。それさえうまくいけばいいんですものね。あなたのほうは」

「キャリー、やめてくれないか」リュクは語気も荒く言った。「ぼくが計画について説明しなかったせいで、きみがいらつくのはわかる。でもあれはきみのためを思ってのことだ」

「いいえ、違うわ。あなたがわたしのためを思ってしてくれたことなんてひとつもない。あなたはわたしを利用し、わたしをばかにしたのよ。絶対に許せないやり方で。あなたってどういう人なの、リュク？　わたしをベッドに連れていって、まるであなたにとっては最高に魅惑的な女性だと言わんばかりの扱いをした。わたしをつなぎとめるために。すばらしく気高い犠牲を払ったわね！　でもそれを公表できなくて残念だこと。あなたが義務の名のもとにそこまでの犠牲を払ったと知ったら、国民もさぞ感動するでしょうに。ところで、よくあんなことができたわね？　愛人を抱いているつもりにでもなっていたの？」

リュクがキャリーの肩をつかんだので、彼女ははっと息をのんだ。彼は荒々しい声で言った。

「いいかげんにしないか。言っておくが、つもりになる必要などなかった。ぼくは男だ、キャリー、そしてきみは――」

「あなたは義務のために愛を交わす、というより性的な行為をする男よ！」キャリーはリュクを責めたてた。「ええ、そうよ、間違いないわ」

「そうか？　それなら、これから起こることにもきみは驚かない、そうだろう？　きみがさっき思い出させてくれたように、ぼくたちは結婚した。ぼくはきみの夫だが、その言葉のあらゆる意味において夫であるかというとまだそうではない。その抜け落ちている部分をさっそく……」

「やめて」キャリーは身の危険を悟り、あらがおうとしたが手遅れだった。

「だめだ！」リュクのつぶやきが彼女の唇の上で熱く燃え、舌先が唇をこじ開けようとする。

あれだけ痛い目に遭わされたらもう誘惑に負けることはないとキャリーは思っていたが、間違いだった。リュクに触れられ、彼女の体の奥で抑えがたい何かが目を覚ました。それは彼の情熱に負けず劣らず激しく、彼をあおってますます強くなっていく。

リュクの執拗《しつよう》な唇、肌に触れる両手、そして渇望と怒り――そのすべてにキャリーは応えていた。いまここで、わたしの腕の中で、彼は大公ではなくひとりの男になっている。わたしと同じように暗く激しい欲望に駆りたてられ、自分を抑えられなくなっている。

わたしがリュクのもとを去り、彼がひとりになったとき、彼は失ったものの大きさを知るだろう。リュクはわたしの愛を失うのだ。わたしの愛はかけがえのない贈り物だったのに、リュクはそれをはねつけた。でも彼はわたしの体にはあらがえない。つまりそれを求める自分自身の欲望には。リュクはいま、苦しみにも等しい渇望にからめ取られてどうすることもできずにいる。わたしが彼によって植えつけられたうずくような欲望にとらわれているのと同じように。

リュクが触れるたび、キスするたび、それが自分の五感に永久に刻みこまれるのをキャリーは本能的に感じ取った。この体は二度とふたたび、こんなふうに感じることも、求めることも、愛することもないだろう。

リュクが入ってくると同時にキャリーは声をあげ、リュクのほうも彼女に包みこまれたとたん喉の奥から喜びのうめき声をもらした。

リュクとキャリーは二人だけの世界へ深く深く入

っていった。そこではただ、最後のクライマックスに向かってともにひた走るのみだった。現実もプライドも未来も消えうせ、あるのは〝いまこの瞬間〟だけになった。リュクが唇を重ねた。熱く激しいキスが彼女の息を奪い、同時に歓喜の鋭い叫びをのみこむ。全身を震わす強烈な絶頂感がキャリーを襲う。その激しいわななきが静まるか静まらないうちに彼も解き放たれたのがわかった。

互いの腕にしっかりと包まれながら、二人はそれまで同じリズムを刻んでいた胸の鼓動が徐々にそれぞれのリズムに戻っていくのを感じていた。

リュクが彼女の顎にてのひらを当て、自分の方を向かせた。肉体の欲求から解放されたいま、この甘くせつない特別な時間がもたらす危険にさらされまいとキャリーは必死になった。こういうとき、女性の心がいちばん無防備になるというのは周知の事実だ。

リュクが顔を寄せた。その肌が冷たく汗ばんでいる。彼の唇がキャリーの唇をゆっくりとかすめて通った。優しさとも受け取れるそのしぐさに、彼女は涙をこらえきれず、うっすらと瞳を曇らせた。見せかけの優しさよ。自分に釘《くぎ》を刺し、キャリーは彼の唇に応えまいとした。

「わたしを愛人代わりに使ったところで何も変わらないわ」噛《か》みつくように言い、唇をゆがめる。「わたしは朝になったらすぐサンタンデールを出て、今度は二度と戻ってきませんから！」

キャリーはリュクから離れ、彼に脱がされた服に手を伸ばした。

「キャリー」リュクの声はキャリーの耳に不気味に響いた。「まず第一に、ぼくに愛人はいない、いまも昔も。もしきみがジーナのことを言っているなら、彼女とぼくが関係を持ったことは一度もない」

キャリーは何も言わなかった。いったいなんの意味があるだろう？　リュクが何を言ったところで彼がわたしを利用したことに変わりはない。君主の務めを果たすためなら、サンタンデール公国を守るためなら、リュクは何度でも同じことをする。その事実は変えようがない。ほかの人々は彼のそんな一面を立派だと思うだろうけれど、わたしは違う。わたしは彼を愛するひとりの女。自分の愛が一方的なものではないと知りたいし、知る必要があると思っている。どれほど感情的に見えようとも、彼の心の中でいちばんの地位はわたしが占めていると確かめたい。わたしの心の中で彼がいちばんの地位を占めているように――いいえ、占めていたように。

13

太陽は輝き、空は青く、城とそのまわりの風景はまるで絵本から抜け出したように完璧《かんぺき》だった。でも今朝は何を見ても心を打たれない。キャリーは城から広場に足を踏み出しながらそう思った。ここに立つのもこれで最後になるのだろうか。

荷物はすべてスーツケースに詰めてある。リュクから贈られた高級ブランドの服以外は。

広場は、城とその歴史に感嘆の声をあげる観光客でにぎわい、城の真正面に並ぶ小さなカフェの屋外テーブルは満席だった。そのひとつを囲んでいる青年の一団がやけに静かなので、キャリーは彼らに注意を引かれた。

キャリーが広場を中ほどまで進んだとき、彼女の名を呼ぶリュクの声が聞こえた。体がこわばり、そのまま無視して歩きつづけようかと思ったが、キャリーは思わず後ろを振り向いていた。彼は城の正面玄関へ通じる階段に立ってこちらを見ている。

リュクが階段を下りはじめると同時に、キャリーの体に小さな震えが走った。思い出したくもないのに、ゆうべのことが思い出される。あれだけの情熱を分かち合えるなら、たとえ二人の関係に何か欠けたものがあろうとそれを補って余りあると考える人もいるだろう。でも、わたしは……。

「キャリー！」ふたたびリュクが彼女の名前を呼んだ。

その声に警告を感じ取り、キャリーはこちらへ走ってくるリュクを呆然《ぼうぜん》と見つめた。遠くで叫び声や抗議する声、悲鳴が聞こえる。彼女は走ってきたリュクに地面に押し倒された。肺から空気が全部押し出されると同時に日差しがさえぎられた。

あたりがさまざまな音で満たされた。悲鳴、泣き声、サイレン、走る足音。磨き上げられたブーツを履いた制服の脚が走ってくるのがキャリーの目に映った。彼女に覆いかぶさったままのリュクを、誰かが引っ張り上げた。クリーム色の石畳に鮮血がぼたぼたと落ちる。

誰かが何度も何度も叫んでいる。「いや。いや……いやよ。お願い、神さま……」

ややあってキャリーは悶《もだ》え苦しむようなその声が自分の声であることに気づいた。いくつもの手がキャリーを助け起こし、いくつもの顔が心配と衝撃と不安に満ちた表情で彼女をのぞきこんでいる。

「リュク……リュク……リュク……」

すすり泣きとともに彼の名を呼びつづけながら、キャリーは救急車に乗せられた。救急車が走り出す直前、彼女は先ほどカフェのテーブルにいた青年の一団を警備隊が引き立てていくのを見た。

キャリーは立ち止まり、大きく息を吸って、青い夏空を見上げた。

キャリーを狙《ねら》った銃でリュクが撃たれるというあの恐ろしい事件が起きてから六週間になろうしている。

「準備はいいかい?」

ジェイが気遣わしげにそっとキャリーの腕に触れた。

窓に濃い色ガラスを使った黒塗りの車が、城の裏口に横づけされようとしている。

狙撃《そげき》事件のあと、キャリーはすぐにサンタンデール公国をあとにするわけにいかなくなった。ひとつには医者からひどいショック状態にあると言われたためだが、その後も大公妃としての立場が邪魔をした。でもリュクの代わりを務めるのもあと少しで終わる。

いかめしい顔つきをした制服姿の運転手が車から降り、後部座席のドアを開けた。

目をそらしたい、でも見ずにはいられない。固唾《かたず》をのんで見守るなか、キャリーがよく知っているその長身の人物は車から降りた。太陽に向かって顔を上げ、深呼吸してから彼女の方へ静かに歩き出す。

キャリーは胸がどきどきして窒息しそうだった。いまは広場にいるわけではないとわかっていても、広場で起こった惨事が頭から離れない。リュクに駆け寄って彼を安全な城の中へ引きずりこみたくなる。お願いだから急いで、と懇願したくなる。

この六週間はさんざんだった。罪悪感、悲嘆、恐怖――すべてをキャリーは味わった。

銃撃後、リュクに続いて病院へ運ばれたキャリーは、彼は幸運にも肩を撃たれただけだと知らされた。ところがその後、リュクは合併症にかかった。傷口から細菌が入り、全身にまわったため、昏睡《こんすい》状態に陥ったのだ。

リュクはこのまま死んでしまうかもしれないと誰もが恐れる日々が、一週間近く続いた。

キャリーは病と闘うリュクに不眠不休で付き添い、この国が、国民が、どんなに彼を必要としているか語りつづけた。

医師からリュクが回復しはじめたと言われたとき、キャリーは最初それを信じられなかった。しかしやがて彼は意識を取り戻したので、その後キャリーは病院へ行かなくなった。彼の前で心の葛藤《かっとう》をさらけ出してしまうのが怖かったからだ。

でも、リュクの退院を見届けないまま発《た》つことはできない。

「頼んだとおりに準備をしてくれたか？」そばまで来たリュクがジェイにきいた。

「すべて整ってる」ジェイが請け合った。「しかし、広場からの演説はだめだぞ。覆いのないバルコニーも論外だ。だからバルコニーにラウドスピーカーを備えつけ、防弾ガラスで囲むことにした。アメリカ大統領も使っている最新式のものだから、きみの命もしっかり守ってくれるだろう」

リュクはキャリーのすぐそばに立っており、冷静で重々しい目で彼女の顔を探るように見つめている。

彼に言うべきことは考えてあったのに、口にするとなると努力を要した。キャリーは咳《せき》払いした。

「ありがとう、リュク……わたしの命を救ってくれて……」

彼の目が怒りに陰ったので、キャリーは緊張した。

「きみはぼくの妻だ」リュクは簡潔に言った。「それに――」

「警備の連中がいらついてるぞ、リュク」ジェイが口をはさんだ。「中へ入ろう」

城の中の私的な居住部分の前まで来たとき、キャリーはあとずさり、リュクについてサロンに入ることを拒んだ。

リュクが眉をひそめて振り向き、問いかけるような目でキャリーを見た。驚いたことに、ついこのあいだまで生死の境をさまよっていたにもかかわらず、リュクは以前と変わらず屈強に見えた。

「あなたはジェイといろいろ話があるでしょう」キャリーは歯切れのよい口調で言った。「国民に向けたスピーチを計画中だとジェイから聞いたわ」

「キャリー――」リュクが何か言いかけたが、キャリーは唇を固く引き結んで首を横に振り、くるりと背を向けて自室に戻った。

出発の準備は整っており、今度はもうキャリーを引きとめるものは何もなかった。

あす、リュクは国民に向けて演説を行う予定になっている。〝もう心配はない。わたしは健康を取り戻した。もう何事も、何者も、わたしが大公としての責務を遂行することを妨げはしない〟そう国民に請け合うつもりだろう。事件を引き起こした若者に関しては、リュクが恩赦を与えて最大限の恩情と寛大さを示すつもりなのをキャリーは知っていた。

キャリーが部屋の窓から外を見つめていたとき、扉が開いてリュクが入ってきた。驚きのあまり彼女はしばらく声が出なかった。先ほど別れてからまだ一時間もたっていない。国の諸問題について話し合うため何時間も仕事にかかりきりになるだろうと思ったのに。

「ここを去る気持ちに変わりはないんだね」リュクは前置きなしに言った。

キャリーはうなずいた。

「何も変わっていないわ」硬い声で言う。「すべて前に話したとおりよ。わたしたちのつながりは性的な関係の域を出ない。あなたはわたしのことをなんとも思っていないし、それはわたしも同じよ」

「本当に？　だがジェイの話では、彼がぼくになりすましていると気づいたとき、きみは彼がなんらかの形でぼくに危害を加えたのではないかと心配したそうじゃないか」

キャリーは顔をそむけた。

「きみがぼくを愛しているのは一目瞭然《りょうぜん》だったとジェイは言っていたぞ！」

「愛していたのよ」過去形を強調して、キャリーは無表情に答えた。

「きみはぼくがきみのことをなんとも思っていないと主張するが、どうしてそんなふうに言えるんだ、キャリー」リュクはかすかに怒りのこもった強い口調になった。「ぼくはきみへの愛がどれほど強いか繰り返し示してきたじゃないか。若かったあの日、きみが去るのを許すことはぼくにとって何よりもつらかった」

「去るのを許す？」キャリーは叫んだ。「許したんじゃないわ、リュク。あなたはわたしを追い払ったのよ、いちばん残酷なやり方で。そのいやな仕事を自分でやらずに伯爵夫人に押しつけてね。あの人がその仕事を大いに楽しむだろうということがわからなかったの？」

「なんだって？　ぼくはそんなまねはしていない。ぼくとの関係が発展していった場合にきみが負うことになる責任の大きさについて伯爵夫人が話をしに行ったとき、ぼくから離れていくことに決めたのはきみだ。もちろん、それを責めるつもりはない。きみはとても若かった。人生はまだまだこれからで、あのとき十八歳で結婚していたら、きみは生き方をすっかり変えなければならなくなったろう。そんな犠牲をきみに強いる権利はないとぼくにはわかっていた」

キャリーは言葉を失った。リュクが図らずも暴露した事実にめまいをおぼえた。

「でも、あなたは……あなたはわたしを脅して結婚させようとしたじゃないの」指摘するのがやっとだった。「それだってわたしを愛しているからじゃないわ、リュク。政治的な理由からよ。自分でそう言ったでしょう」

「ぼくは男だ、プライドというものがある」荒々しい口調だった。「ぼくが自分の目的のために、ぼくたちの子供の死を残酷きわまりないやり方で利用したときみは責めたが、それでぼくがどんなに傷ついたかわかっているのか？　それがどんなにひどい侮辱か？　マリアが信託財産から金を引き出したいと言ったとき、それを許す必要もなかったのにぼくが許した理由がわかるか？」

キャリーは無言で彼を見つめた。

「きみのためだ。ハリーの姉であるきみを喜ばせたかったからだ。断ろうと思えば断れたのに。信じられないなら、マリアに直接きいてくれ。どうせきみはぼくの言葉を信じないだろうが……」

苦々しげなその声が、キャリーの苦悩の上にさらに罪悪感を打ちつけた。リュクは真実を語っている。わたしが彼を誤解していたのだ。でも彼が彼であることに変わりはない。彼がサンタンデール公国の君主であることに変わりはない。

「キャリー、入院中にさんざん考えたんだが」リュクが静かに言った。「ぼくは決心した。あした行う国民への演説で退位を宣言する」

まさかという目でキャリーは彼を見た。

「これまではこの国に対する責務を果たすことに全力を尽くしてきた。これからは自分の時間が欲しいんだ！　ぼくも世間一般の男たちが当然の権利として手に入れるものを手に入れたい。この腕に、自分のベッドに……自分の人生に、愛する女性が欲しいんだ！　その女性にぼくの子供を産んでもらいたい。彼女や子供たちとともに人生を楽しむための、プライバシーと安全が欲しい」

「何を言ってるの？　リュク、そんなことはできるわけがない。わたしがさせないわ！」キャリーは激しい口調で反対した。

「止めても無駄だよ。きみが行くところへぼくも行く。どこだろうとついていく。きみの人生に入れてもらえるまで、きみの心の中にもう一度入れてもらえるまで、きみをどんなに愛しているか証明させてもらえるまで」

キャリーは大きく息を吸った。リュクが本気で言っているわけがない。ただわたしに精神的な揺さぶりをかけているだけ。はったりよ！

「わかったわ」冷ややかに応じる。「あなたが本当にそうしたいのなら」彼女は窓辺に近づいて数秒間外に目をやり、振り返った。「わたしはもうあすのイギリス行きの便を予約してあるの。エコノミーよ、もちろん。自家用ジェット機じゃなく！」

「ぼくは本気だ、キャリー」リュクの口調は揺るがなかった。「あすの朝、国民にぼくの意思を伝える。ジェイにはもう言ってあるし、評議会には今夜知らせるつもりだ」

キャリーはひどく動揺していた。だが彼にそれを悟らせるつもりはなかった。

「リュクを思いとどまらせるんだ、キャリー」

「なぜ？」キャリーは広い居間の向こうから非難の視線を投げているジェイと向き合った。

数分前、ジェイは表情をこわばらせて、いきなり彼女の部屋に入ってきたのだった。

「わかっているはずだ」彼はむっとした顔で言い返した。「サンタンデール公国はリュクを必要としている。それにリュクをここから出ていかせてみろ、彼が滅ぼすのはこの国だけにとどまらないぞ。彼は自分の中のある部分も滅ぼすことになるだろうし、それはきみにもわかっているはずだ。考えてみたまえ。きみは半分死んだ男とずっと一緒にいるのと、一緒にいる時間は半分になっても完全な男と暮らすのとどっちがいい？」

「脅そうとしてもだめよ、ジェイ」キャリーは鋭い口調で答えた。「それに言っておきますけど、わたしはリュクと一緒にいたいなんて思ってないわ」

「嘘《うそ》だ！　きみはリュクを愛している、彼がきみを愛しているのと同じくらい深く。いったいきみはどうしてしまったんだ？」

キャリーは返事をしなかった。返事をする必要などない、と頑固に自分に言い聞かせた。

けれどひとりになったあとで、ジェイと、そしてリュク自身から言われたことを考えずにはいられなかった。

リュクはわたしを愛している。わたしのために国を捨ててもいいと思うほど！

「ぼくはあさってのヒースロー行きの便に予約を入れた。向こうへ着いたらすぐに……」

キャリーはナイフとフォークを置き、長いディナーテーブルの端に座るリュクを見た。

「それはキャンセルしたほうがいいわ」彼女は落ち着いた声で言った。

リュクの目に苦悩がよぎったが、彼はそれをすぐに覆い隠した。「キャリー、ぼくにチャンスをくれないか。ぼく自身を……ぼく自身とぼくの愛をきみに証明するチャンスを！」

先ほどリュクの話を聞き、続いてジェイの話を聞いたときの感情の高ぶりがよみがえってきて、今度はキャリーも逆らわなかった。

リュクはわたしを愛している。いまははっきりとわかる、わたしが彼を愛していることに疑いの余地がないように。

キャリーは顎を上げ、きっぱりと言った。「あなたに退位してほしくないのよ、リュク」

彼が必死で苦悩を抑えこもうとしているのがわかる。

「退位してもあまり意味はないわ」キャリーはそっと言い足した。

「大いにある」リュクは荒々しい口調で反論した。「ぼくはきみと一緒にいたいんだ、キャリー。いや、きみが一緒じゃないとだめなんだ！」

キャリーは深刻な顔で彼を見た。すべて自分の選択にかかっているのだと思うと、プレッシャーを感じる。こういうプレッシャーを、こうした重荷を、リュクは何度味わってきたのだろう？　個人的欲求はわきへ置き、自分が受け継いだものへの責任を背負うことを、何度自分に強いてきたのだろう？

それにしても、この世に愛をはかる方法など、本物の愛かどうか確かめる方法など、あるのだろうか？　相手に犠牲を迫ってそれを手に入れること？　あるいは自分が犠牲という贈り物を差し出すこと？

キャリーはつかの間、胸の奥にあるいちばん大事な、ひそやかな夢を見つめ、それをまたそっとしまってから口を開いた。できるだけ軽い調子で。

「わたしは小さいころ、プリンセスになることをずっと夢見ていたのよ、リュク。だからいまそのチャンスをあきらめるつもりはないの。いくらあなたがけだかく最大の犠牲を払いたい気持ちになっているからって」

驚き、絶望、そしてかすかに揺らめき出した希望の光。そのすべてをたたえた目でリュクが静かにキャリーを見つめた。

「それにね」キャリーは言葉を継いだ。「わたしたちの息子がなんと言うかしら、軍服を着て兵隊ごっこをするチャンスをわたしが奪ったと知ったら。サンタンデール公国のプリンスとして、かわいい女の子を大勢うっとりさせるチャンスは言うまでもなく」

「息子だって！」

リュクは椅子を倒しながら立ち上がり、キャリーのそばへ駆け寄った
「息子だって？」彼はもう一度繰り返した。

「ええ、息子ではなくて、娘かもしれないけれど」

キャリーは認めたが、その言葉はリュクの胸に抱きしめられたせいでくぐもった。次いでリュクがキスを始めたので、彼女はしゃべれなくなった。彼のキスの仕方からすると、しゃべるのはもちろんのこと、当分はまともに息もさせてもらえそうになかった。

エピローグ

「ああ、キャリー。なんてかわいいのかしら、この子。それにリュクにそっくり」

　生後六週間の息子にマリアが熱のこもった調子でささやきかけるのを見て、キャリーは笑った。

　息子の誕生はサンタンデール公国内で熱烈に祝福された。リュクとの結婚以来、キャリーは国民から愛され、重んじられる存在になっており、彼女自身が考えた計画や慈善活動にかかわってきた。リュクも彼女の活動を応援してくれている。

「ハリーとわたしが結婚したときは、まさかあなたがわたしより先に母親になるなんて思いもしなかったわ。とりわけリュクの息子の母親になるなんて」

マリアがにっこり笑った。

マリア自身の子供も今月末に生まれる予定で、ハリーは妻の体を心配して片時もそばを離れようとしない。

キャリーは広い謁見の間にいるリュクを見やった。するとまるで目に見えない絆《きずな》でつながれているかのように、リュクがまったく同時に彼女の方を見た。リュクと話をしていたヨーロッパの外交官が彼の視線を追った。

「失礼」リュクは外交官に謝った。「ちょっと行って、妻をしばらく子守りから解放してやらなくては」

われわれが若いころとはずいぶん事情が変わったものだ。外交官はそう思いながら、眠っている赤ん坊をリュクが妻の腕から受け取るのを見守った。

「リュク、昔の摂政たちが見たら、卒倒するわよ」

キャリーは笑いながら首を振った。「〝大公殿下〟がこんなことをするなんて」

「それなら、彼らには考えをあらためてもらおう」リュクは愛情に満ちた温かな表情でキャリーを見た。「〝大公殿下〟にとって家族がいかに大切か、世の中に示すことがぼくにとってはいちばん大切なのだから。それで思い出したんだが……。きみを愛しているとぼくが最後に言ったのは、どれくらい前だったかな？」

「そうねえ……一時間くらい前かしら」キャリーはちゃめっけをにじませて答えた。

「そんなに前か？　まあ、ぼくがきみをどれだけ愛しているかは、今夜証明してみせるよ。ありとあらゆる方法でね」リュクは妻にそっとささやいた。

そしてもちろん、彼は嘘《うそ》をつかなかった。

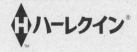

ハーレクイン・ロマンス　2004年12月刊（R-2010）

思いがけない婚約
2024年4月5日発行

著　者	ペニー・ジョーダン
訳　者	春野ひろこ（はるの　ひろこ）
発行人	鈴木幸辰
発行所	株式会社ハーパーコリンズ・ジャパン 東京都千代田区大手町 1-5-1 電話 04-2951-2000（注文） 0570-008091（読者ｻｰﾋﾞｽ係）
印刷・製本	大日本印刷株式会社 東京都新宿区市谷加賀町 1-1-1
装丁者	高岡直子
表紙写真	© Anasteisha, Saburtalo, Olgagillmeister, Kumruen Jittima ｜ Dreamstime.com

ISBN978-4-596-53775-1 C0297

ハーレクイン・シリーズ 4月5日刊 発売中

ハーレクイン・ロマンス

愛の激しさを知る

星影の大富豪との夢一夜	キム・ローレンス／岬　一花 訳	R-3861
家なきウエイトレスの純情 《純潔のシンデレラ》	ハイディ・ライス／雪美月志音 訳	R-3862
プリンスの甘い罠 《伝説の名作選》	ルーシー・モンロー／青海まこ 訳	R-3863
禁じられた恋人 《伝説の名作選》	ミランダ・リー／山田理香 訳	R-3864

ハーレクイン・イマージュ

ピュアな思いに満たされる

億万長者の知らぬ間の幼子	ピッパ・ロスコー／中野　恵 訳	I-2797
イタリア大富豪と日陰の妹 《至福の名作選》	レベッカ・ウインターズ／大谷真理子 訳	I-2798

ハーレクイン・マスターピース

世界に愛された作家たち
～永久不滅の銘作コレクション～

思いがけない婚約 《特選ペニー・ジョーダン》	ペニー・ジョーダン／春野ひろこ 訳	MP-91

ハーレクイン・ヒストリカル・スペシャル

華やかなりし時代へ誘う

伯爵と灰かぶり花嫁の恋	エレノア・ウェブスター／藤倉詩音 訳	PHS-324
薔薇のレディと醜聞	キャロル・モーティマー／古沢絵里 訳	PHS-325

ハーレクイン・プレゼンツ作家シリーズ別冊

魅惑のテーマが光る
極上セレクション

愛は命がけ	リンダ・ハワード／霜月　桂 訳	PB-382

※予告なく発売日・刊行タイトルが変更になる場合がございます。ご了承ください。